U0449146

心跳不息

[美]罗伯·德莱尼 / 著　何静蕾 / 译

A Heart That Works

Rob Delaney

中信出版集团 | 北京

图书在版编目（CIP）数据

心跳不息 /（美）罗伯·德莱尼著；何静蕾译. —
北京：中信出版社，2025.8. — ISBN 978-7-5217
-7741-3

Ⅰ. I712.55

中国国家版本馆CIP数据核字第2025XJ1749号

A Heart That Works by Rob Delaney
Copyright © Rob Delaney 2022
This translation published by arrangement with United Talent Agency, LLC,
through The Grayhawk Agency Ltd.
Simplified Chinese translation copyright © 2025 by CITIC Press Corporation
ALL RIGHTS RESERVED
本书仅限中国大陆地区发行销售

心跳不息

著者：　　［美］罗伯·德莱尼
译者：　　何静蕾
出版发行：中信出版集团股份有限公司
　　　　　（北京市朝阳区东三环北路 27 号嘉铭中心　邮编　100020）
承印者：　嘉业印刷（天津）有限公司

开本：787mm×1092mm　1/32　　印张：6.25　　字数：84千字
版次：2025 年 8 月第 1 版　　　　印次：2025 年 8 月第 1 次印刷
京权图字：01-2025-1755
书号：ISBN 978-7-5217-7741-3
定价：39.00 元

版权所有·侵权必究
如有印刷、装订问题，本公司负责调换。
服务热线：400-600-8099
投稿邮箱：author@citicpub.com

献 给

亨 利 的 妈 咪

心会痛,才会爱。

❦

朱莉安娜·哈特菲尔德
《同一个心跳》

请原谅这番悲痛的迸发;亨利无比珍贵,相形之下这些粗陋的文字只是微不足道的赞美,但它们能抚慰我这颗一想起他就痛不欲生的心。我还是继续讲故事吧。

❦

玛丽·雪莱
《弗兰肯斯坦》

推荐序

此书讲述了一个父亲丧失爱子的真实经历与感受。迄今为止，它是我读到过的最触动人心的一本丧子父亲回忆丧失经历的书。

作者罗伯·德莱尼年幼的儿子亨利罹患脑瘤，在短暂的生命中经历了多次手术、康复、复发，最终在两岁时离世。孩子走的那天，正是德莱尼四十一岁生日。任何一个做过父母的人，哪怕只是想象这样的情景，都会感到难以承受。但德莱尼没有选择沉默，也没有探讨"走出哀伤"的路径，他用文字真诚地记录了自己丧失的经历，并呈现出人类最宝贵最深层的天性——爱。他在书中写道："事实上，哪怕失去了儿子，我也依然爱着世人。我也真诚地相信（不论真假），如果人们对当初以及现在依然萦绕在我们一家心头的哀痛哪怕有一丝感同身受，就能明白生活与世界的重心所在。"

书名《心跳不息》，既是一种生理上的事实，也是一种情感上的挣扎。那是一个父亲在失去爱子之后，依旧"被迫"地活着的事实：他的心还在跳，他的生活还在继续，但那颗心再也不完整了。德莱尼并不试图诗化哀伤，相反，他坦率地展示出那种无助、悲伤、愤怒、绝望，以及在这些情绪之下，从未减少、从未动摇过的如同大山般的父爱。

与我所读过的其他哀伤纪实叙事书相比，此书有一种非常独特的气质，即来自绝境的幽默。作为一位获得过金球奖与艾美奖提名的喜剧演员与创作人，德莱尼的幽默感渗透在文字的缝隙中。他曾在一次采访中讲道："当你正被撕裂成两半时，能找到一个让你轻轻发笑的念头，这本身就是一种奇迹。"那个奇迹来自人类在极端绝境下对人性深处抗逆力的探寻，是一种带着眼泪的笑，是伤痛中的微光。"意义疗法"创始人、著名心理学家维克多·弗兰克尔把来自绝境的幽默视为人类应对绝境的一种极为宝贵的态度。

在书中，德莱尼没有将这段悲剧经历写成一种"纯个人化"的孤独体验。他还让我们看到，一个孩子的病逝并不是孤立事件，而是与整个社会结构息息相关。他提及医疗制度的问题、病童家庭所面临的压力与困境、关怀者因理解局限所造成的隔阂之痛等。这正是我们的社会今天需要迫切关注的问题。

此书将有助于我们这个十分忌讳死亡与哀伤话题的社会对哀伤有更多的理解和认识。它对每一位丧亲者和关怀者来说都极为宝贵，并值得仔细阅读。它提示我们，即使经历了重大丧失，我们仍然能够拥有一颗跳动不息的心——即便破碎，即便沉重，却因爱仍能够以各自不同的方式和节奏继续前行并热爱生活。

刘新宪

亚美哀伤咨询培训中心首席咨询师

01

如今我隔三岔五就会去家附近的一个池塘里游泳。我运气不错，伦敦散布着大大小小的池塘，有几个正好就靠近我家。我只要徒步或者骑行短短的一段路，就能在一片天然水域中游个痛快。我最喜欢的那个池塘由市政府管理，只要听完简短的注意事项，缴上八英镑，戴上橙色泳帽，就可以一头扎进水里。池塘大约有一英里[1]宽，四周环绕着高大的办公楼和更加簇新闪亮的住宅楼。有一次游泳时，

---

1 1英里 ≈ 1.61千米。——编者注

一只鹭衔着一只死青蛙从我头顶飞过。回家后我把这事告诉了四岁的儿子，结果他哇哇大哭，说那只青蛙是他的朋友。

五年前，如果你说我将来会常去大海以外的水域游泳，我一定不会相信。我在海边长大，一有机会就去海滩上玩，也常乘着一艘名叫"赤颈鸭"的小帆船游弋在马布尔黑德周边的小岛之间，因此海洋对我来说不是什么麻烦，倒是湖泊和池塘让我怕了大半辈子。说实话，我对池塘一向敬而远之。

这种心理背后的逻辑是这样的：如果死在海里，我会清楚是什么夺走了我的性命，我的死因不会成为未解之谜。验尸报告上会写着"鲨鱼袭击"或者"在波士顿捕鲸船上被醉酒青少年撞到海里，摔到螺旋桨叶片上被绞成碎块"。死法很糟糕，但只要读过报告，大家都能把事情始末搞得清清楚楚。可如果我在湖泊或者池塘里挂掉，最好的情况就是池底冒出的魔藤缠着我的腰腿把我拖进深水，我连尖叫的机会都没有，因为它们还会紧紧扼住我的喉咙，把它勒得稀烂。或者，更可能的情况是，某个被谋杀的邮差死后变成了肿胀的僵尸，他用生锈的手铐锁住我的脚踝，将我拖进水底，强逼我和他过日子，相伴到地老天荒。

至少做个明白鬼——对我而言，死于鲨鱼袭击或醉酒的青少年之手更容易接受。我觉得死于海中是本就存在的风险，而死在湖里只意味着一件事：某个人或者妖怪想从你窒息的咕噜声中寻求变态的快感，所以把你给谋杀了。

不管这套信念有多不可理喻，它也是我的独创，我信奉了几十年。我狂热地相信着它，依靠它制订游泳的计划。我妻子利娅却是在无数湖泊、池塘与河流的环绕中长大，她母亲还是她高中时的游泳队教练。利娅随时随地都能游。她甚至还能——你可别吓着哦——冬泳呢。据说某些地方确实有人冬泳，大概就是在挪威的冰窟窿里泡一泡，然后立即冲进近在咫尺的桑拿房；或者新年在缅因州的河里浸一浸,前提是你没熄火的车就停在水边,暖气开得呼呼响。可是经常特意在冬天不穿潜水服,跳到自然水体里游泳?真没想到人还能干出这种事儿。我觉得人只要在冷水里多泡几秒,就会立刻染上支气管炎或者肺炎,你应该在当地医院预约一个床位,以防万一。

来到伦敦不久,利娅就给当地能游泳的地方列了非常全面的清单,内容详尽,包含各式冷热露天游泳池、池塘、水库,不怕脏的话,甚至还有泰晤士河呢。我想:这下她开心了吧!我不担心她的人身安全,因为那泡得肿胀的邮差只想抓我一个。那些黏滑的魔藤缠住浮木和水獭,也只是在为抓我做练习,等着我鼓起勇气潜入它们昏暗的巢穴。其他人大可放心游泳、打水花、玩轮胎漂流,怎么折腾都行。

我们的儿子亨利生病住院后,利娅需要的就是游泳。清晨,她常会去附近的某片水域小游片刻。她的朋友也有相同的爱好,通过这个爱好她又结识了更多朋友，都是可爱的人。疯狂，但是可爱。

利娅清楚我对深水的恐惧，但出于某些原因，她觉得不该纵容成年男子在这方面矫情。因此多年以来，她一直锲而不舍地邀请我和她一起游泳，每当这时我就会立即装病，必须小睡片刻才能"痊愈"。亨利生病后，虽说有了许多不游的借口，但我已没那个力气把它们宣之于口。于是，在一个秋日的下午，我们载着亲爱的亨利和他最喜欢的护理员安吉拉缓缓驶到了汉普特斯西斯公园，这里有可供男女分开游泳的池塘。安吉拉陪着亨利，我和利娅则分别走向池塘。我在户外的更衣区脱下衣服，换上泳衣。天气挺凉，气温大约十度左右，但对我来说不是问题。我走向池塘边的码头，步伐坚定，眼前是一片乡野美景——但只是对大多数人而言。我知道水中有恶魔在蠢蠢欲动。我跳了进去——又跳了出来，动作之快大概就像播放了一段录像，然后立即用相同速度倒带。"去他的吧。"我一边擦干身体一边想。我回到亨利和安吉拉身边，和他们在另一个池塘的岸边等着，利娅则悠然地游来游去，十分惬意。至于我嘛，我差点就被男士泳池底部木桶里的两栖僵尸牧师当了点心，或者至少被他充满恶意地窥视了一番。再也不去了，我发誓。

亨利去世不到一年时，利娅和我开始学习水肺潜水，考取证书。这是利娅一直以来的愿望，因此我买下了潜水课程作为圣诞礼物。前几次上课，是在苏活区的一个休闲中心。在伦敦这样一个大城市里，身边咫尺之内有成千上万形形色色的事件正在发生，其中之一是遭受丧子之痛的夫妻俩在旧泳池里学水肺潜水，同一条街上还有剧院、酒吧和百特三明治店。这感觉还真怪。

学习水肺潜水，需要学习你能想到的所有与之紧密相关的事：先学理论知识，再学各种设备的用法、与潜伴交流的方法；但你也得学习应对各类突发状况，从氧气不足到潜水面罩出问题导致能见度下降。针对后者我们进行了一次操练，不戴面罩坐在深水泳池底部,闭眼待上几分钟,然后摸黑浮出水面,脱离险境。潜入水中之前,教练说这个训练比较吓人,我们在恐慌之下,可能会觉得情绪快要失控,或者真的情绪失控。两三个学员明显怕了。我可不怕。

我下潜了大约十二英尺[1],在漆黑一片的池底坐下,一时间各种情绪纷至沓来,但其中并没有恐惧。有一种强烈的感觉主导着我,那就是在这种情况下,如果真出了什么岔子,我很快就能与亨利重逢。这感觉真好。周围明显还有其他人,而且有不止一位教练正盯着我,想来他们也不乐意眼看着学员淹死。但身处黑暗的水底,不管是否被人注视,我们在某种意义上都是孤身一人。

我刻意地思索着:"在十二英尺深的水底,眼前一片漆黑,比起几分钟前,我肯定离死亡更近了些。我儿子亨利已经历过死亡,他不久前死了。我

---

1 1英尺 ≈ 0.3048米。——编者注

不会故意取下氧气管，喝进一肚子水，但要是氧气管被哪个手脚乱舞的学员打飞，要是我的脚踝被下水口吸住，要是恐慌之下我将水呛入气管，要是他们救不活我——好吧，那也不错。"我感觉自己像个熔岩灯，在我体内漂浮翻滚的蜡球其实是接受死亡时黑暗的平静。儿子死了，而我自己的死亡能把我送入他曾穿越的那扇门，这个念头使我心中一片安宁和满足。我能再次与他共享一样东西，那可真是太棒了。

当你为人父母，孩子伤了或者病了，你不仅会尽力让他好起来，也会因为你能让他好起来而欢欣鼓舞。重点可能不在你亲力亲为替他清洁伤口，或者往他嘴里灌药（这些还是得交给具备专业设备与技能的医护人员），而在于你坚信自己能将孩子送到正确的目的地，不管是用私家车、出租车还是（但愿不会）救护车。一旦到了地方，你就坐在孩子身边，可能还会把他抱在腿上，而他就能得到所需的帮助。再加上一点点修复、疗愈、休养的时间，很快你就有一个精彩的故事可讲了。

然而事情并不总是发展得如此顺利。有时候，护士和医生治不好孩子的病。有时候，孩子会死。他的病情恶化，受尽苦难，然后死去。逝去之后，他的身体开始腐烂，被装进一个黑色拉链袋，由开着黑色灵车的殡葬人员带走。几天以后，你的孩子已被埋进土中的坑穴，或者在火化炉中化为灰烬，你将骨灰带回家，放在架子上。你希望自己能拿起厨刀，捅进自己一侧的肩膀，一直割到另一侧的腰部。然后你撕开皮肤、脂肪、肌肉和内脏，再次将孩子从你体内拽出来，亲他，抱他，拼命解决上次你没能解决的问题。但你做不到。所以你只能枯坐着，像个破败废弃的火车站，一列又一列货运火车满载痛苦在你体内轰鸣而过。也许有一列火车会脱轨爆炸，毁掉车站，夺走你的生命，你就能和孩子在一起了。这是坏事吗？

为什么我一定要将这段经历说出来、写出来、传播出去，让人们感受我曾感受过的哀伤、我妻子和另外两个儿子的哀伤？写得够好的话，这本书会伤大家的心。为什么我想使别人伤心（我确实想），难道儿子的死亡将我变成了一个怪物？这当然是有可能的，但它不是个合理的借口。很多规则我都不在意了。或许是因为我以写作与表演为生，以至忍不住要将人生中最大、最震撼的事件拿出来与人分享和交流。事实上，哪怕失去了儿子，我也依然爱着世人。我也真诚地相信（不论真假），如果人们对当初以及现在依然萦绕在我们一家心头的哀痛哪怕有一丝感同身受，就能明白生活与世界的重心所在。

　　有许多次，面对感情很好的熟人时，我很想让他们想象自己的孩子死在怀里的情形。如果你有不止一个孩子，做这个练习时一定要选其中一个。读者们，如果你有孩子，现在就开始想象吧。想象孩子被你抱在怀里。身上各种各样的孔洞接着管子，有些孔洞是身上本来就有的，有些是手术刀切开的。有些管子里流出污物，气味刺鼻。孩子的体温在下降。没有呼吸，没有儿童那种一刻不停的扭动，没有心跳。哪怕只想象一下最后这件事：你寻找孩子的心跳，却只找到一片寂静。他的心脏永远不会跳了。这不是噩梦，因为你醒不过来；电击除颤也不起作用。心脏不跳了，因为你的孩子死了。过一会儿，会有人把他放进冰柜的抽屉，就像你处理被遗忘太久而发白发软的芹菜。给孩子洗澡时，你曾用洗发膏把他的头发揉出滑稽的小角吗？再也不能了。他曾要你帮他系鞋带、做作业吗？他摔破膝盖时，你安慰过他吗？再也不能了。

可能我永远不会当面要求别人做这样的想象。说实话，这个想法令我发笑。我会在哪里要求对方做这件事呢？可能是厨房。要先给对方泡茶吗？但重点是我的确产生了这样的冲动。这就是哀伤给我的影响之一：我想让你理解。我想让你理解。

我希望你能理解。

但你多半是理解不了的。你会忘记我儿子的

死。然后想起来。然后再忘记。

  我不会忘。我对维多利亚时代没什么好感,但我非常理解为什么那时候的人失去所爱后会穿上黑色的丧服。不管怎样,在此时此刻,哪怕是隔着街道模糊一瞥或是透过望远镜远远凝望,我也希望你能看见我的哀伤。

02

最近我翻出一个 Excel 表格,是利娅怀着亨利大概八个月时我做的。表中列着人名和电话号码,是利娅分娩时,可以帮忙照顾尤金和奥斯卡的人选。在伦敦,我们其实并没有关系那么好的朋友,只需说一句:"嗨,利娅要生宝宝啦,你能照顾一下我家的两个小子吗?"就能叫对方过来。我们没有住在附近的祖父母或叔叔阿姨,也没有认识很久的老友。那时我们在伦敦才住了七个月,为拍摄《大祸临头》第一季,二〇一四年九月搬到这里。

如有必要,名单上的大部分朋友一定都会积极地伸出援手，但制作名单这一行为本身其实反映了我内心的焦虑。我们生活在一个陌生的国家，又处于一个无比脆弱的时期。我甚至无法想象利娅的感受有多糟，虽然她现在还会不时和我谈起当时的心境。利娅临产时，我们不仅在伦敦人生地不熟，对当地医院的运作方式也一无所知。因此，虽然利娅已是第三次怀孕，我们还是像在圣莫尼卡生老大尤金时一样报了产前班，只不过是英式的。这次怀孕最大的不同是，利娅产检时见的不是产科医生而是助产士，对此她非常乐意。国民医疗体系的助产士万岁！英式产前准备万岁！她见助产士的地方甚至就是我们两个大儿子的托儿所（这里同时也是社区中心）！产检时连医保卡都不用带，也不用交四十美元的问诊费。（如果你是英国人且不知问诊费为何物，那就继续保持这种幸福的无知状态吧。）她也不会在一个月后收到产检账单。

我们在惠灵顿医院的分娩中心登记，医院就在我们公寓北边两三英里的地方。英美医疗保健领域虽说差别极大，但也有一模一样的地方，比如两个国家的医院都有着匪夷所思的"设计"。很明显，他们一开始建了一栋大体符合建筑学逻辑的楼房，但随着时间一年年过去，医院需要扩建了。那时，他们要么在原先的楼房旁边建一栋更大的，要么就直接在楼房的顶部和四周扩建。建筑师们竭尽所能，极力避免新建部分的风格和功能与原先部分有相似之处。建筑内部设施也力求做到处处给人不便，比如必须出门再从其他入口进去才能坐上的电梯，还有直接避开繁忙的病房区、让你看得见听得到但就是去不了的过道。这样的扩建过程每二十五年来上一次，哪怕建筑大师弗兰克·劳埃德·赖特亲临，也会晕得呕吐、吓得发抖。

一旦发现伦敦北部的惠灵顿医院与加州大学洛杉矶分校的圣莫尼卡医院（我头两个儿子的出生地）都具备这种精神失常的设计风格，我就知道自己得在利娅生产前执行一回"爸爸侦察兵"的重要任务。于是在一个周日，趁着利娅休息，我带着尤金和奥斯卡坐上了前往惠灵顿的公交车。这真是我身为人父最为珍贵的回忆之一：坐在双层公交顶部熟悉着去医院的路线，两位可靠的副官紧随身后。小哥俩一个四岁，一个两岁，想到要坐公交车去给妈咪帮忙，想到妈咪要给他们生一个弟弟或妹妹，他俩别提有多兴奋了。两人穿着几乎一模一样的蓝外套，看起来真像身负重任的小军官。

我们下了公交，探索了医院的若干入口，最终确定了分娩中心的所在地，它当然位于医院后方，要走超远的一段路，穿过两三个停车场才能到。我像机器人一样，一字一顿地询问一位和善年长的女士："我要把临产并在这里登记过的老婆带到这个地方生孩子，没错吧？"女士回答"没错"，于是我明白自己找对了地方。幸好提前确认了一趟，因为分娩中心的入口昏暗又不起眼，我这种马大哈很容易忽略。找到了新宝宝降生时该带利娅来的地方，我心满意足，和孩子们在附近的麦当劳美餐一顿，乘公交车回家了。我以得体的自信姿态向利娅做了汇报，说我不仅能带她到正确的医院，还能带她到正确的入口，自豪得像个刚成就伟业的英雄。

不到两年后，离开大奥蒙德街儿童医院的亨利会在这里继续住院七个月。我将对这里的一切烂熟于心，除了医院所有的入口，还有杂乱无章的场地、员工停车场、用于宣传教学心肺复苏术的附属楼等等。光凭记忆，我就能画出一张精确无误的平面图。

没数错的话，亨利去世后，有十三位惠灵顿医院的护士参加了他的追悼会。

这感觉既美好，又痛苦。我想着呱呱坠地时的他，想着蹒跚学步时的他。我想着他小脸上的喜怒哀乐，想着他手脚和双腿的模样。我想着亨利的头发，每天都想。虽然我有着熊皮似的浓密毛发，我和利娅制造出的孩子们却都是光着脑袋降临人世的。亨利刚长出头发，脑子里就查出了肿瘤，开始接受化疗。他新生的毛发脱落殆尽，又变成了小光头。我会抱着他光秃秃的脑袋亲吻,感受它的温度。这是多快乐的一件事呀。化疗结束后,他的头发又冒了出来,我们就任由它生长着。天啊,他的头发多美。长长的、金色的头发,就像电影《惊爆点》里那个帅气劫匪的迷你版。我真的很喜欢用手指梳理他的头发,把它别在他耳朵后面,就这么……一想到他有多么漂亮,我就恨得发疯、难受得不行。我恨人们再也看不到他的头发、他的脸蛋、他那么明亮的蓝眼睛。我恨人们再也无法注视他的双眼,那是我见过的最为璀璨的东西。太可恨了。

亨利诞生的日子近了,利娅从韩国订购了一个便携即用浴缸。我们的公寓是在来伦敦前匆匆租下的,里面没有浴缸,而利娅就像古往今来的所有孕妇一样热爱泡澡。一开始,她在农具网上寻找能塞进我们小洗澡间的饲料槽。这个想法很快就被放弃了,因为她在韩国网站上发现了一种可折叠尼龙防水浴缸，可以海运到伦敦。这种浴缸基本上就是个防水布做的"小箱子"，外面有个折叠支架，成年人把身子蜷紧点儿还是可以坐进去的。听起来已经挺滑稽了，还有更好玩的呢：浴缸有个带拉链的盖子，一旦拉上拉链，就只有脑袋露在外面了！多么奇妙的国度才能孕育出如此奇思妙想啊！向奇妙之国脱帽致敬。这样一来，几乎发育成熟的亨利宝宝在利娅的子宫里蠕动，利娅本人则在同样狭窄的韩国拉链折叠浴缸里蠕动。每次看到她或者尤金和奥斯卡泡澡时，我都忍俊不禁。

在利娅身边，我本来就很爱笑。十八年前，我们刚开始约会时，有一次在圣莫尼卡市过马路，她走到路缘石边，突然停下了。然后她四肢着地，开始往路缘上"攀爬"，动作很慢很刻意，仿佛眼前是一堵陡峭的石壁。一位成年女性奋力征服一座大约十厘米的"高峰"，二十年来，一想起这个场景，我不是哈哈大笑也会翘起嘴角。

谢天谢地，利娅怀孕大约四十一周时我老妈

来了，我们总算不必从那张紧急联系人名单上找人照顾两个大孩子了。利娅开始宫缩后不久（其间她在小浴缸里泡了一会儿），我们扛起待产包，打车去了医院。我们家周边的大型减速带很多，去医院的路上大约有三百五十五处。每当车子轧过减速带，利娅的脸上都会出现"你在开玩笑吧"的表情，我则指望着每次颠簸至少能将她的生产时间缩短一些。

穿过数日前我出色完成任务时精准找到的大门，我们来到医院，直奔分娩中心。惠灵顿医院虽老旧，分娩中心却相当新，产房宽敞，设备齐全，足以帮助你顺利挤出肚子里的小生物（身为名副其实的女权主义者，我可以负责任地告诉你，《今日女性》杂志更乐意这样描述分娩）。我们的产房有分娩池、"普通"大床（不是医院病床）、瑜伽球和海绵楔形垫，我以前不知道楔形垫的用途，还以为那是专门供扎马尾辫的男人和靠塔罗牌搞定人生重大选择的女人做爱用的。说实话，这里简直就像个有趣的宾馆房间，不生孩子的人也尽可以入住，与我们头两个儿子出生时极其"医疗化"的环境截然不同。利娅一直想尝试水中分娩，但我们过去的美国医保无法满足她的心愿。此刻，来到产房后不久，工作人员就将分娩池注满了水，让利娅进去。她的助产士非常年轻，我猜只有二十五岁。记得当时我还疑心助产士不怎么靠谱，因为她的助产经验肯定不够丰富，算不上"老手"。她说话时带着浓厚的苏格兰口音，却又戴着穆斯林头巾——两种元素以英国特有的不可思议的方式碰撞在一起，精彩绝伦。当然啦，她是位极其优秀的助产士。她是否比接生尤金和奥斯卡的美国老医生更出色？没错。没错，的确如此。

在分娩池中，利娅摆动着，摇晃着，呼吸着麻醉气体和空气，我则发现自己从前两次旁观分娩的经历中没学到任何能派上用场的知识。亨利终于蠕动着出来了，看见他的小鸡鸡，我不禁哈哈大笑。第三个男孩！一个完美、漂亮的男孩。

亨利的出生是一次美好的经历。记得在给他称重时，我打量着他泛着黄疸、覆着绒毛、爬行动物般的小身体，暗自赞叹他是多么光彩夺目。我已经准备好要永生永世爱这个孩子。

片刻之后，我妈带着尤金和奥斯卡来见亨利，一家人在大床上偎依在一起，利娅和我对亨利爱抚个没完，两个哥哥却对他视而不见，正忙着大啖医院的果酱面包呢，真是风卷残云，护士一送进来就立刻吃光。

亨利生命中的第一年就像龙卷风过境。那年尤金四岁，奥斯卡两岁，我们养着三个五岁以下的男孩。我说"我们"，但其实很长一段时间内，主要是利娅在承担养育孩子的任务。《大祸临头》在第一季尚未播出时就获得了第二季续订，我也没想过在投入工作前先休息几天。我们就这样一头扎了进去，在创作工作的狂热之中，我将家庭放在了次要位置，任由它在无人看管的炖锅中慢慢煎熬。当然，也有过美好温馨的时刻，尤金和奥斯卡当了哥哥，满怀爱意与自豪。亨利对他们微笑，和他们咿咿呀呀地"对话"，他是颗溜圆可爱的小金豆，我们都喜欢亲他、搂他、逗他。

03

亨利在他大哥的五岁生日派对上呕吐时,我们都没放在心上。毕竟生了三个孩子,我们擦过的呕吐物不知有多少,已经习以为常了。事前我一直在喂他吃蓝莓,呕吐物里还能辨认出十五到二十颗蓝莓。喂他吃了这么多蓝莓,都浮在呕吐物里了,我有没有反省自己的养育方式?当然。为了让他保持安静,我放任他吃个不停,我是不是一个懒爸爸?或许吧。但早在他还不满九个月的时候,我就给他吃过西班牙辣肠。生到第三个孩子时,你已经不会对他们想吃的每一小口东西仔细研究了。想吃辣肠？吃个够吧，小伙子。辣肠这么好吃，干吗不尝尝呢？我很庆幸自己喂他吃过蓝莓、辣肠以及他幼小心灵渴望的一切食物，因为一岁生日过后不久，他就只能靠插入胃部的管子摄取流质食物了。当你的孩子只能靠胃管摄入雅培牌肽营养液时，你会很庆幸给他吃过辣肠。多吃了几个蓝莓——那算什么？继续开生日派对吧。

次日亨利又吐了两次，我们开始担心起来，于是我带他去看急诊，以防他脱水。急诊医生觉得亨利可能有尿路感染的症状，想给他化验小便。因为亨利还不太会憋尿，医生让我每隔五分钟用针管喂他五毫升电解质饮料，同时把一个小尿杯举在他的鸡鸡下面，一有尿就接住。坐在他身旁，把尿杯举在他十一个月大的可爱鸡鸡下方，每隔五分钟往他嘴里喷一点饮料，真是太愉快了。我既不能看手机，也不能看电视上在播的《海底总动员》，生怕漏掉一滴宝贵的尿液。于是我们就大眼瞪小眼，进入了一种冥想模式。最后他终于尿了一点点，然后我们带着几盒抗生素离开了医院。医生说如果病因就是尿路感染的话,他们会打电话通知。但病因并不是感染。

接下来的几周里,亨利一直在呕吐,但不算严重,而且咽下的食物似乎比吐出来的多。我们还是很担心,于是带他去看本地的全科医生。他一进诊所,立刻吐在了地板上。我很高兴他吐在了医生面前。我想指着地板上的呕吐物说:"看见了吗,笨蛋?这是呕吐物没错吧,现在你要怎么处理呢?"医生的处理方法是给我们预约了一位胃肠科专家。我觉得很有道理,因为我那时还觉得呕吐的症状多半和肠胃有关。医生给亨利服了一剂止吐药,似乎起了效果。他让我们再观察一阵子,如果情况恶化再回来检查。

此后,亨利的呕吐症状缓和了一些,我们决定按原计划回美国过复活节。我们想念海岸风光和故乡的朋友,也想去一趟洛杉矶,看看自己是否依旧爱它,愿意重回它的怀抱。事实证明我们确实还爱它，继而开始为回乡做打算。我打算再制作几季《大祸临头》，用挣到的钱在圣莫尼卡预租一栋房子。

接着我们又去马萨诸塞州看望我的家人，其间带亨利去了一家美国医院。医院收了五百美元押金，替他做了超声检查，看看肾脏有没有感染。肾脏似乎没什么问题，但他们还是给亨利另开了几种抗生素。

回伦敦后，亨利的呕吐症状越发严重，我们开始害怕了。亨利慢慢消瘦，他每吐一次我都仓皇无措，怪自己给他喂饭时动作不够慢、不够轻柔。我能喂他那两个饿鬼投胎的哥哥，怎么就喂不好他呢？于是再给他喂饭时，我越发小心翼翼，如同拆弹。我时刻关注他的眼神，想摸索出一种全新的、更好的方法来喂他，让他不再呕吐。但他还是会吐，几乎每次吃饭都吐。我的宝贝变得越来越瘦小，我看在眼里，心乱如麻。我幻想着能用某种方法把吐出来的东西收集起来，再用漏斗灌回他的身体。他的呕吐物成了我眼中最珍贵的东西，每次他一吐我就会哭。我本不想当着他哥哥们的面掉眼泪，但实在是忍不住。他们问我哭什么，我说是因为害怕。

事已至此，我们很清楚将会听到不好的消息。我们只能祈祷亨利患的是乳糜泻，或是能通过手术治愈的肠扭转。

我有位朋友彼得，他家孩子比我家的年纪大。彼得给我们推荐了他们的家庭儿科医生。这位医生和蔼体贴，已经年过七十，这意味着他几十年来见过的患儿和疑难杂症要比一般的体系内全科医师多得多。我们去的是他的私人诊所，不过像伦敦的许多私人医生一样，他也在国民医疗体系中注册过。事已至此，无论什么方法我们都愿意一试。

之前带亨利看病的都是我，这次也是我带他去见安森医生。利娅是位了不起的母亲，爱孩子爱得发疯，她很乐意带亨利去，但亨利第一次看病是我带去的，不管那次是出于什么原因，我们保持了这个习惯，亨利成了我的专属"小课题"。那时我正处于《大祸临头》第二季和第三季之间的休息期，所以时间比较宽裕。利娅在家带两个大孩子，一个五岁一个三岁，她承担了更加辛苦的任务。

安森医生把亨利和我叫进了他的办公室。他态度慈爱，和颜悦色。他给亨利做了检查，看到亨利大腿内侧松弛的皮肤时，他和其他人一样露出了担忧的神情。

他问了一些常规问题，但接下来有一个问题与众不同："他呕吐时吃力吗？"

"吃力？"

"是的。他干呕吗？呕吐时看起来难受吗？还是一下就吐出来了？"

"嗯，呃，嗯。不吃力，对。他呕吐时一点都不难受。"

"好的，我认为应该安排一次核磁共振，检查他的头部。"

"行，为什么呀？"

"看看里面有没有不该长的东西压迫到呕吐中枢,引发呕吐。"

"什么,肿瘤吗?"

他顿了一下。"我很高兴是你先说出来。"

很自然地,这段对话深深烙进了我的脑海,接下来的日、月、年却像身处雾中一般模糊不清。悲痛开着公交车,在我大脑的记忆存储区里来来去去。我忘了自己的取款密码。那张卡我用了好几年,但密码就这么从我脑袋里蒸发了。我只好让银行给我发了一封提醒邮件。

亨利去世一段时间后,有位帮我在颁奖典礼主持词里写搞笑段子的老兄给我打了电话。我们已经密切合作了两三周,他这次打电话是想跟我商量改稿的事。他说:"嗨,罗伯,我是马克。"

"……马克。"

"对呀,是马克呀。"

我感觉就像是要在刚遭受龙卷风袭击的仓库里

找一粒小扁豆。

"马克，真抱歉，可我不知道你是哪位。"

"我们正在写你下周颁奖典礼的主持词，记得吗？"

"哦，天啊，是这样。对不起。马克，我太伤心了，所以现在记性一团糟。别往心里去，我犯这毛病也不是一次两次了。对不起。"

对一个不太熟悉的人这样说话感觉怪怪的，但不说又觉得不坦诚。我可以让全世界的马克们以为我提早得了老年痴呆，也可以告诉他们真相，那就是我太痛苦，太思念我的小男孩，不仅情感上悲痛欲绝，精神上也遭受了极大的创伤。

离开安森医生后，我在惊惧交加中给利娅打了电话。那时她正和朋友在一起，一个与她同名的澳大利亚人。澳大利亚的利娅有个叫贝亚的女儿，比亨利小几天。两个孩子喜欢挨在一起躺在地板上扭来扭去。后来贝亚到医院看望亨利，她似乎根本没发现亨利的行动已经极为不便，而亨利举手投足仍是一派病区之长的风范。他俩真是可爱的一对儿。如今，每次和贝亚见面，对我来说都是难以承受的痛苦。我注视着她，心里想着如果亨利还在，他们会一起搞出什么恶作剧来。

我带着亨利打车回到利娅身边。我们痛哭，拥抱，一起消化着这个可怕的噩耗。澳大利亚的利娅安慰着我们。我们漂亮可爱的孩子，他在慢慢消瘦下去，变得越来越小、越来越虚弱，在我们眼前渐渐消失，原来他讨人喜欢的小脑袋里可能躲藏着一个杀手。

安森医生说亨利需要做一次核磁共振，确认是否有肿瘤。自然，在接下来的数月乃至一年多，我将对等待影像检查及其结果时那种令人作呕的焦虑感习以为常，但当时我们还是第一次体验，那真是癌症治疗经历中的一大折磨。

做核磁共振那天，我们带亨利去医院，给他换上了一件萌萌的小睡衣，上面印着红色、绿色、黄色的小汽车和卡车。可爱的亨利第一次被麻醉,在短暂的一生中,他还会被麻醉许多许多次。我们泪流满面,拼命挤出笑容来给他安全感。亲吻过他后,我们被带出了房间。

安森医生说做核磁共振需要一段时间,等亨利进去了,我们可以去街对面那家希腊小咖啡厅坐坐,吃点东西。在走廊上徘徊片刻后,利娅和我还是去了那家咖啡厅,点了些吃的。我们握着对方的手,脑袋因为恐惧而嗡嗡作响,周围明亮、熙攘的环境仿佛是另一个世界。短短几分钟后,正当侍者送上点心时,安森医生戏剧化地冲进咖啡厅,外套下摆在身后哗啦啦直响。他让我们立即回医院。我们把蜜糖果仁千层酥和餐费一起丢在桌上,跟着他跑了出去。

在办公室里,安森医生确认亨利头部后方有一个很大的肿瘤,靠近脑干。他语气平和地告诉我们这个消息,最后说一位小儿脑外科医生会在几小时内和我们见面。我们的心沉入了无底深渊。这是世上最不可承受的痛苦。我觉得身体猛然沉重了好几倍,在心脏原本的位置,一个黑暗黏腻的漩涡缓缓旋转起来。

安森医生说可以去看亨利了,于是我们离开他的办公室,一步两级匆匆跑下楼梯。利娅在走廊上找到一间没人的哺乳室,冲进去放声哭号。我拥抱着她。

控制好情绪后,我们离开房间,走出大楼,来到街对面亨利所在的地方。我们被带到亨利身边时,他刚刚苏醒。利娅温柔地抱起他,紧紧搂着他,亲吻他。我将他们两人圈在怀里。他看着我们,既困倦又困惑。不到两周前,他刚满一岁。

一岁。一岁。一个一岁的男孩。我一直期盼着亨利满一岁的日子,因为头两个儿子的一岁时光给我带来过那么多欢乐。一岁真是个神奇的年纪。除了上厕所和说话,成人能做的事,大多数一岁的孩子几乎都会做。更妙的是,任性固执甚至还有一点小傲慢的幼儿期还没开始。一岁的孩子通常都非常好玩又有趣，但同时也极其依赖父母，如果你愿意的话，真的可以抱着他亲上一整天。世上没有比一岁孩子更喜人的了。

尤金一岁的时候，利娅常开心地对他说："你还从来没犯过错呢！"这句话总逗得我哈哈大笑。在圣莫尼卡的时候，他经常只穿着尿布就走出门去，沿着人行道一路探索，身后拖着捡来的免费广告传单。我陪在他身边，就这么跟着他，看着他遇见小鸟、小猫和停在路边的有趣汽车。那时利娅正躺在床上，肚里怀着奥斯卡，我和尤金就在这样的闲逛中度过了许多个美好的上午。探索发现就是一岁宝宝的全部日常。

奥斯卡出生时，一岁多的尤金在医院和他见面。尤金走到利娅的床边，亲了奥斯卡的小脚。

后来奥斯卡也满一岁了，我激动不已，因为我对接下来的事情已经有所预料。他的一岁和尤金很相似，却又有很大的不同，于是我意识到每个孩子都有独一无二的探索方式。有一天,奥斯卡察觉我好像给三岁的尤金读书更多。他摇摇摆摆地走到一摞书旁边,拿起两三本来,又摇摇摆摆走回我身边,轻轻把我推倒在地板上,再爬到我身上。天啊,一岁大的小胖墩知道自己想要什么,并做出行动获取它,真叫我心花怒放。

所以,亨利的一岁生日临近时,我偶尔会想:"哎呀!要满一岁啦!"然而,哪怕在他开始呕吐、消瘦,在我们拼命寻找病因之前,亨利似乎就显得比同龄的男孩更加稚弱。我常对利娅说,他好像是我们"最宝宝的宝宝"。他不会爬,不像我们头两个儿子那样热切地四处"巡航",甚至不太急着走路。他没那么精力旺盛。我曾以为不同的孩子发育速度也不一样,仅此而已;他会按自己的方式走上发现之旅。

原来真正的原因竟是一个占据了他颅内大量空间的不速之客,这个发现令我们心如刀绞。

当然,没人愿意在医院里度过十四个月,但如果给你选的话，你绝对不会把长期住院的时间选在人生第二年，这正是身心爆发式发育成长的一年，能学到多少东西啊。虽然我万般不愿，亨利还是以医院为家，在手术、恢复、理疗与化疗中度过了这一年，而他的同龄人正忙着蹒跚学步、咿呀学语，在公园的喷水池边嬉戏。因为养育过他两个漂亮的哥哥，我很清楚他失去了什么，这令我心中既愤又悲。

亨利做完核磁共振、查出肿瘤后，我们坐在他身边，心里想的不是他未来一年的生活，我们只能想想接下来的几天该怎么办。终于，一位大奥蒙德街医院的脑外科医生来到这家私立医院，向我们做了自我介绍。他名叫埃尔萨维，举止亲切、沉着、安静。他说我们会变得非常熟悉，这话令我们既安心又难过。他说亨利脑干附近有个苹果大小的肿瘤。（该死，你怎么可能把一个苹果塞进孩子的脑袋？我敢说你一定办不到。脑子里有个苹果会令孩子恶心呕吐，如果不把它取出来，孩子就会死。）他说几天之内会给亨利做开颅手术，切除肿瘤。我们消化着这个信息，不久之后，亨利、利娅和我就被带到了大奥蒙德街医院。我曾听说在私立医院做核磁共振（或者任何检查）查出真正致命疾病的人常会直接被救护车送到公立医院，没想到这次亲身体验了一回，真是世事难料。

大奥蒙德街医院是全球业务水平最领先的儿童医院之一。他们没有产科病房，也没有急诊科，是一所专门收治患有疑难重症儿童的专科医院。如果孩子在英国生了重病，它就是家长最好的选择。那是四月一个美好的周五下午，北伦敦的高楼广厦之间不时透出落日灿烂的光芒。我们坐在救护车上，路过约会的情侣，路过酒吧外微笑着啜饮啤酒的人们，驶向那个将要成为亨利新家的地方。

一到目的地，就登记入院，亨利在脑神经科病房获得了一个床位。

我们被带进一间淋浴房，这里可以同时容纳

一家三口。利娅抱着亨利,和他一起洗了澡。我给他们拍了照片,美丽赤裸的利娅怀抱着美丽赤裸的亨利,沐浴在温暖的水流中。亨利脸上充满痛苦和疲惫,这种神情通常只会让人联想到饱经沧桑的老人。

来到大奥蒙德街医院后不久,我们和几位了解亨利肿瘤类型的医护人员见了面。他们沉着冷静、利落果断,我们则是晕头转向、惶惶不安。入院几小时后,医生决定给亨利做一次紧急手术,缓解他的颅内压,防止他脑出血或者脑梗。那天是周五,亨利的大手术原本安排在下周二,但由于颅内压过高,不能等了。(从此以后,亨利每次进急诊几乎都在周五,接着就是风平浪静的周末,医护人员也像普通人一样,假期会去海边或者加拿大参加婚礼。)

等待手术时,亨利此生最后一次吃了东西,吃的是医院自助餐厅的一块巧克力牛角面包。

他被带去接受了一场四小时的手术,在头部置入分流管，缓解颅内压。手术结束后被带回来的时候，他可爱的小脑袋上裹满了白色的纱布，整个人疲惫、虚弱、头晕眼花。我们抱着他，爱抚他，准备迎接几天后的大手术。

利娅的父母南希和理查德，以及我母亲，都在手术前飞到伦敦帮忙。我妹妹玛吉是小学教师，没法立刻从波士顿飞过来，况且本来在帮她带两岁女儿玛丽的母亲此时要来伦敦帮我，她就更抽不出手了。

玛吉是我们结婚时的首席伴娘，她比我小五岁，自打她出生起，我们就非常亲密。也许因为五岁是个健康的年龄差，外加性别不同，我俩一直相处得很好。我妈常对人说，玛吉小的时候，无论是谁给她零食，她都会说"也给罗比一个"。

玛吉几年前深深爱上一个叫托比亚斯的完美男人，和他结了婚。说实话，我们全家都爱上他了。他善良、聪明、好相处，像太阳一样温暖着周围的人,大家也乐意围着他转,沐浴他的"阳光"。他还在哈佛获得过两三个学位,我们并没有因此对他有什么隔阂。

在亨利刚入院的日子里,我常给玛吉和托比亚斯打电话,从远方的他们那里获取安慰。同时,如果没有父母帮忙照顾孩子、做饭、握着我们的手,我们也撑不过这段艰难时光。他们也同样承受着痛苦的打击,但还是陪伴在我们身边,这才是最重要的。

有一天,难得利娅和我同时在家,家里还有两个大孩子、利娅的父母和我母亲。我们个个心乱如麻,红肿着眼眶。我没忍住先哭了起来,利娅立刻过来安慰我。接着理查德把我们两个都搂进他怀里,含着泪说:"我情愿生病的是我,不是亨利。"

"我们也是啊,理查德。"我说,顷刻间,满屋的人无奈地苦笑起来。

04

正如亨利的外科医生埃尔萨维先生[1]所料,我们彼此熟悉了起来。得知他骑摩托上下班,我不禁露出了微笑:每天从早到晚给脑子动手术,却选择了

---

[1] 我称亨利的外科医生为"埃尔萨维先生"而非"埃尔萨维医生",因为在英国对男性外科医生的称呼就是"先生",以便和内科医生区分。这个传统可追溯到十九世纪,当时英国的医疗执照体系真是一团糟,几乎任何傻瓜都能从国内外某个名不见经传的学校获得"医学博士"头衔。因此外科医生的"先生"与我们平时所说的"先生"完全不同,当然也不同于单纯的"医生",这一点英国医疗体系内的每个人都知道。我很喜欢了解这些陈谷子烂芝麻,因为它们能提醒我,哪怕现代医学已发展到了如此不可思议的水准,其中还是保留了一点三百年前或者更久远年月的残余,令人想起那个"嗨,老兄,把他剖开来瞧瞧是怎么回事吧"的年代。——作者注

一种如此危险的通勤工具,将他自己被推进脑科急救室的风险提升了百分之八百。很自然地,接下来的几个月内我们学到了很多关于脑瘤的知识,比如脑瘤如今已是导致儿童死亡的第一大癌,从前处在这个位置的是白血病。但由于过去(当然,对许多人来说,至今依然如此)白血病一直是一种可怕的致命疾病,医学界对它倾注了大量关注与研究,于是在医生们的帮助下,越来越多的孩子得以存活。对脑瘤的治疗则尚未发展到如此地步。此外,儿童癌症远比成人癌症罕见,因此对医药公司而言,开发儿童用药没那么有利可图。如果你还是个孩子,请接受现实:没错,在癌症治疗方面,资本主义毫无疑问会把你爷爷的福祉放在你之上。

埃尔萨维先生告诉我们,肿瘤紧挨着亨利的脑干,可能还包裹了重要的脑神经。他希望能将肿瘤全部移除,因为它可能是恶性的,如果留下一点,就会再长起来。他说如果一次手术不能完全移除,就必须再做一次。

亨利做大手术前的四天里,我们始终处在提心吊胆的等待中。手术将会持续一整天,因此利娅和我在医院附近的酒店开了一间房。安顿下来后,为了转移注意力,我们看了《生活大爆炸》《老爸老妈浪漫史》和《老友记》,不过这里的电视台不播《宋飞正传》。英国人爱死了《老友记》,对《宋飞正传》就没那么热衷,这实在有损他们的国家形象。

在酒店里,我们俩在慌乱与恐惧中紧紧相拥,后来居然做爱了,两次,间隔几小时。我明白这事听起来不可理喻,一岁的儿子就在街对面的医院里接受脑科手术,我们竟然还有心情做爱两次。按理说我不该把这些写出来,毕竟是很私人的事,而且可能会吓着一些读者,但我还是想分享,主要是为了那些和我们有相似处境,同样经历过恐惧、痛哭、在极度焦虑中呼吸急促的父母。我们当时应该是太害怕了,想要靠紧彼此,而萦绕身周的恐惧也不能抹除我们彼此相爱的事实,有时爱又会以性的形式表现出来，哪怕是在最糟糕的时刻。这次亲热可能也是好事，因为接下来的几个月里，恐惧和焦虑并不总是能助长我们的性欲。

我们一直和医院保持联系，得知手术进展一切正常。大约九小时后，我们已经焦虑得快要丧失理智，于是返回医院，在家长休息室里像没头苍蝇一般恍恍惚惚地乱兜圈子，有时直接躺在地板上。十三小时后，终于被告知手术结束，可以去见我们美丽的宝宝了。当然，这次手术对身体造成的损伤远比几天前的那次严重，他躺在床上动弹不得，身体连接着各种各样的器械。这是一幅无比残忍的景象。我们亲吻他，告诉他我们爱他。

埃尔萨维先生告诉我们，他已经移除了能找到的所有肿瘤。他们在亨利的后脑底部开了一个"7"字形的大切口，取下一片头骨，再尽力切除肿瘤。手术做得很漂亮，先取下肿瘤主体，再将黏附在脑干和神经上的残余部分刮除干净。埃尔萨维先生说肿瘤质地很硬、很坚实，已经长了很长一段时间；

亨利甚至可能是带着它出生的。医生们的"尽力"效果极佳，后续的几次核磁共振没有查出任何肿瘤的迹象。

亨利身上接满了管子和导线，有的进出体腔，有的通过静脉留置针接入不同血管。他的躯干前侧布满烫伤。手术中他身下的加温垫有些过热，在长达十三个小时的手术过程中，烘烤着他肚皮和胸口处美丽、光滑、细嫩的皮肤。烫伤虽不严重，很快就痊愈了，但术后他身上布满了红色疤痕。据说手术中加温垫导致的烫伤并不特别罕见，但亲眼看到他完美皮肤上的大片创伤，还是令人揪心。然而，年仅一岁的儿子身上一平方英尺之大的烫伤，在术后初期我们要处理的问题里却只能排第八，足以说明当时的情况已凶险到了不可思议的地步。

不得不对亨利的脑干动这么一场残酷的手术，要怎样才能帮他恢复，是我们此时最担忧的。脑干控制着许多无意识行为，比如心跳与呼吸，也是所谓"蜥蜴脑"的组成部分，作为千万年来进化历程中最先形成的大脑区域,它比那些能让哺乳动物欣赏契诃夫作品或参与梦幻足球游戏的高级脑区原始得多。对脑干动刀,势必会面临一个坎坷漫长的恢复过程。那时我们对这一过程的残酷程度还一无所知。

在后来的年月中,利娅和我深受愧疚折磨,心中都不禁冒出这样的想法:我们搬到伦敦时,利娅大着肚子照顾一岁与三岁的孩子,我又过分沉迷工作,这些压力是否在冥冥之中创造出了一个适合肿瘤生长的环境,使得亨利在娘胎之中就染上了恶疾?

这种担忧合情合理,但话说回来,孕期大多充满压力,甚至有些孕妇身处战区,通常却都生下了完全健康的孩子。与之对应,有些人从不抽烟,却依然得了肺癌。有人声称自己知道患癌或不患癌的原因,我对此持怀疑态度——除非是那种特别明显的例子,比如你家饮用水的源头就在埃琳·布洛克维奇[1]调查的那家工厂旁边。

但有些人确实应该愧疚。亨利刚住院那会儿,我经纪公司的一位公关人员给我打电话,说《每日邮报》打听到我有个儿子正在大奥蒙德街医院治疗脑瘤,问我是否愿意对此发表看法。我跟他说,请转告《每日邮报》,哪怕他们有一个字提到了我儿子,我都会送报道此事的记者和同意发表的编辑上西天,然后坐在血泊里等警察。后来他们没有发表任何报道。

亨利手术后几天,我们可以让他靠着枕头,小心地把他搂在怀里了。下床时他得让两三个人抬着,动作要仔细,避免导线和呼吸管缠在一起,但我们又可以抱我们的小宝宝了。感受他在怀中的重量,亲吻他,把嘴唇贴在他的肚皮和肩膀上,那感觉美好得如置身天堂。他的耳朵还裹在绷带里,但

---

[1] 美国环保人士,因打赢针对太平洋煤气公司的水污染官司而闻名。——译者注

我很快也可以轻轻地亲它们、咬它们了。手术使他元气大伤，但他已经可以将身体扭来扭去，对我们的各种刺激也能明确地做出回应，一周后他就显得非常清醒、意识敏锐了。不过恢复爬行和四处走动的能力还早得很，需要重新学习。

最要命的是他失去了吞咽的能力。医生告诉我们，吞咽能力可能会慢慢恢复，他们做了两个检查，想确定控制吞咽功能的脑神经受损程度。第一个检查中，神经科医生将电极接在他的头、脖颈和脸上，说了几句类似"情况不好"的结论。接着进行第二个检查，拔掉了亨利的呼吸管。亨利很快呼吸困难开始挣扎，我开始哭，此刻我打出这段文字时还在流泪。他无法自主呼吸，也无法阻止唾液呛入肺部。太可怕了，我拼命祈祷他能咳嗽、喘气，让全身肌肉和神经被刺激得重新运作。但是没有。不知过了多久，他们将呼吸管插回亨利的咽喉，过程同样令人目不忍睹。平静下来后，他终于顺畅地吸入了氧气。

为了维持呼吸与吞咽能力，亨利接受了气管造口术——一根呼吸管被插入他的颈部底端，而我们成了气管造口护理的专家。详情后文另有叙述，这里我只想说我恨透了这该死的东西，但也恨不得每天还能花大量时间给他做气管造口护理。如果你见过带着气管造口的孩子，你眼前站着的绝对是个狠角色，而且我打包票，这孩子的父母完全可以在野战医院大显身手。

在拔呼吸管、重插呼吸管以及气管造口术的恢复过程中，虽然经历了种种折磨，亨利却没有哭过。脑干手术的常见副作用之一，就是在数周乃至数月暂时丧失哭泣的能力。哭泣是人类最早掌握的本能之一，控制它的神经属于大脑中最原始的区域。而亨利这个区域的神经组织已经完全损坏了。于是我们代替他流下了眼泪。

如今，我常会梦见亨利。我梦见他还活着，但梦里的他并不是完好如初的模样。他是在某个可能的未来里存活下来的亨利，在一些方面还需要帮助。因此在梦中，我依然照料着他。我们形影不离，我甚至还带着他去工作。有些梦里他痊愈了，脑神经不知何故复原了，于是一切都圆满了。他会扑进母亲的怀抱，会和哥哥们玩耍，甚至和他们打架，所有这些都令我满怀喜悦。

还有些时候，我会梦见一只重伤垂死的动物，我拼命为它缝补伤口，却找不到趁手的工具。醒来时我痛哭流涕，喘不过气。我爱这些梦。它们令我痛不欲生，令我肝胆俱裂，也令我感到亨利就在身边。

亨利做完手术后，利娅和我搬进了医院附近的一栋房子。房子是专供儿科重症监护病房（PICU）的患儿家长居住的，有点像大学宿舍。我对医院这项服务的感恩之情真是无以言表，因为院方不许家长在病房过夜。你可以给孩子一个晚安吻，然后穿过马路，去睡在真正的床上，次日早晨一起床就能立刻去看孩子。不知为什么,这房子被称为"意大利屋",让人想起动作片里那种简朴的安全屋,詹姆斯·邦德或者伊森·亨特会将它作为藏身之处,焦急地等待着从门底缝隙塞进来的信封,里面装着护照、现金或者下个行动目标的信息。然而我们所做的只是坐下来消化每天发生的事情,梳理整合所有接收到的信息,试图理出个名堂,搞清楚第二天该问医生什么问题。

早前那些日子,当我脚步蹒跚地往返于意大利屋和重症监护病房时,总会在过道上遇到许多孩子。在儿童重症病房里待了那么久,面对的都是几乎一动不动、全身接满线管的孩子,此刻看见过道里那些孩子能走能跑、能说能笑,四肢活动自如,我大受冲击。恨不得将他们一把抓住,像操纵牵线木偶一样摆弄他们的胳膊和腿。我想冲他们大吼大叫:"您就是凡间的神祇,您的完美无瑕如同圣光,令我沐浴其中!"这一定会把孩子们逗得乐不可支,把他们的家长吓得够呛。然而我只是摇摇晃晃地返回意大利屋，望着天花板发呆，脑袋像着了火般发烫。

我们在意大利屋的床是张塑料床垫，随着身体散发的热量烘烤着白天的疲惫，床垫会变得很烫，好在房间里还有个浴缸。窗外有个院落，似乎是间托儿所。这里的生活特别像坐牢，但也给了我和利娅充裕的时间整理思绪、加深感情。回首往事，我们俩都觉得那是一段温情与痛苦并存的独特时光，我们在地狱里相亲相爱。

我们很快就深刻意识到：应对所有必要的医疗决策时，能有个人一起分担是多么幸运。对那些孤身一人面对同样挑战的家长，我愿意戴上一叠各式各样的小丑帽，逐一摘下向他们脱帽致敬。还有件极其幸运的事：我家正好离大奥蒙德街医院不远，医院病房里的孩子来自全国各地，有的甚至来自其他国家。无数孩子身边只有一位家长陪伴，另一位则不得不留在家里照看其他子女。很明显，虽然我们处境艰难，但还没到最难的地步。

05

气管造口术后不久，亨利出现了严重的感染。由于脑干功能在手术中受损，普通孩子能轻松克服的感染对他而言却是致命的。此外，喉咙上新开的呼吸孔也为更凶险的感染敞开了大门。亨利病得极重，情况看来很糟糕。医护们的行动更加果决，态度也更加严肃。围绕在亨利床边的医护人员越来越多，不祥之感扑面而来。

有一天午饭时间，利娅和我决定步行穿过几个街区，去一家黎巴嫩餐厅吃炸豆丸子。一般我们都吃外卖，这次去餐厅是为了坐下来好好谈谈。我俩都觉得亨利可能撑不过去了，但谁也不愿当着孩子的面说出口。我们就这么坐着，想不出什么打算，只是多少接受了现实：不会有风雨过后见彩虹的结局了。我们也接受了另一个现实：不等癌症下手，亨利就可能会被别的东西夺走生命。

但感染最终没能杀死亨利。抗生素终于生效，一周的疗程后，亨利的病情大有起色。哥哥们来看他时，他露出了笑容。我们都亲吻了他，捏了捏他的小脚丫。

我常有一种感觉，我们仿佛正以慢动作滚下楼梯，每级台阶都象征着一个坏消息。一开始是神秘的怪病，接着谜底"揭开"，我们发现那是癌症。然后手术严重剥夺了他的行动能力。再然后，为弥补脑神经损伤所做的后续手术又使他容易遭受致命的感染。有一天，我们翻阅了他的手术记录，得知他的左耳听觉神经已被切断，右耳神经也受到了损伤。此时距他入院已有好几周，我们这才后知后觉地发现，经历过那么多折磨后，他还聋了一只耳朵，另一只耳朵也听力大损。这就像是整场苦难的一个缩影：可怕的连锁反应已经发生，将会带来一连串严重后果，起初却被埋藏在无数琐事之下，几乎被我们忽略。亨利戴了一阵子助听器，但套在头上的松紧带会牵动将脑脊液引入腹腔的分流器，因此当他第五次烦躁地揪掉助听器后，我们没有将它重新戴上，从此都是贴着他的右耳说话。

在重症监护病房住了两个月后，亨利搬进了大奥蒙德街医院的一间癌症病房。大部分科室只有一间病房，例如肾脏科与呼吸科，但肿瘤是个大杀手，因此肿瘤科的病房有好几间。亨利的病房叫作"长颈鹿"[1]。

---

[1] 如果出于某些原因要和病房通话，得先打医院的总机，让一个机器人给你转接。它会说："请说出您要找的病房名称。"第一次打电话时，我用美国口音说"长——颈鹿"，机器人回答："对不起，我不明白。请说出您要找的病房名称。"我大吼了几遍"长——昂——颈——影——鹿——"，心情越来越急躁。尝试无果后，我想机器人是不是想让我用英国口音说"长颈鹿"。我试着说了一遍，机器人立马接到了病房。此事重点在于，人与人之间暗戳戳的争斗真是来得猝不及防，而我就这么成了种族偏见的牺牲品。——作者注

搬到新病房前,我们参加了一个周会,与会者都是新病房住院孩子的家长。感觉很糟。一位妈妈支配全场,大声抱怨医院伙食不好。这和我们毫无关系,因为亨利无法进食。会议的另一个主题是如何清洁家长厨房里的微波炉才能保护孩子在化疗中受损的免疫系统。依然和我们无关,亨利无法进食。我想这样的集会肯定对有些人是有用的,但当时它只令我们觉得更加孤立无援。这样的周会,我们再也没有参加。

亨利得的是三级脑室管膜瘤,对于这类肿瘤,化疗并非必要的治疗方案。理想状态下应该采用质子束放射治疗,但医生极不赞成给三岁以下的幼儿做放疗,因为哪怕最精确的放疗也必然会造成某种程度的永久性脑损伤,这是整场悲剧中无数的不如意之一。每次面临选择我们都如履薄冰,最终促使我们下定决心的关键是:亨利实在太脆弱了,短期内肯定无法出院回家。既然反正都要住院,不如尽快开始化疗。

医生说他的尿液和粪便都有毒性，所以换尿布时必须戴手套。但我从没戴过。或许因为他是我们的第三个孩子，我换尿布的技术已经炉火纯青，不会沾到太多排泄物？我也不想在给儿子换尿布时戴什么狗屁手套。我不想失去照顾他时与他亲密接触的机会，而且他平时接触的戴手套的手已经够多了。况且事后我也会洗手。

由于神经受损，亨利的一侧面部出现了贝尔氏麻痹，半边漂亮的脸蛋松弛下垂，这副模样迷人得不可思议，本来就圆胖的娃娃脸越发显得肥嘟嘟的。他真是个美丽又倒霉的孩子。这些细微、动人的不完美之处促使你越发小心，仿佛在呵护珍宝：半张面瘫的脸、头颅上的手术伤疤、化疗后落尽头发的小脑袋。还有他身上的"希克曼导管"——一种用于输入化疗药物的长期留置导管，从胸腔静脉延伸到心脏附近的大静脉。我最爱把眼窝贴在他柔软滚圆的后脑上，感受他的温热透入我的双眼。化疗后的脑袋长着细微的茸毛，那种软乎乎的触感是独一无二的。我喜欢和他头挨着头，脸蹭着脸，用嘴亲亲他，用眼睛看看他，这感觉太美好了，我一刻也不想离开。我双手捧着他的脑袋，亲吻它，让它的温度渗进我的眼窝。

在儿童肿瘤病房里遇到的护士们印证了我们对国民医疗体系的看法。重症监护病房的护士们很出色，但那里的气氛太紧张了，很难记住他们的名字和面容。在长颈鹿病房，亨利爱上了护士们——我们也一样。他在长颈鹿病房接受了几个月的化疗，不断重复治疗与恢复的循环，有时恶心呕吐，有时筋疲力尽，有时又像所有的一岁孩子那样满心渴望着能玩游戏。

在大奥蒙德街医院，亨利最喜欢的是一位名叫凯蒂的护理师。护理师虽然不是护士（不过其中有很多是将会获得护士资格的学生），但细心的关爱与照料不需要护士资格。聪明体贴的凯蒂正一丝不苟地走在成为正式护士的路上，她经常被安排全天照顾亨利。凯蒂很快熟练掌握了气管造口护理的要领,虽说她不能给亨利做化疗,却会很小心地尽量减轻化疗带来的痛苦,保持亨利的气道畅通。最重要的是,她会给亨利讲故事、唱歌,陪他玩耍。体系内的许多医护都无微不至地照料过亨利,凯蒂只是其中之一,但作为年纪最轻(二十三岁)、级别最低(护理师是初级职位)的工作人员,她给我们的印象最为鲜明,这就能说明许多了。她满怀热情,致力于"给孩子完整的照料",意思是不但要在医疗护理方面做到面面俱到,还要花费同样精力确保亨利的(半边)脸上一直带着笑容。不知有多少次,我走进病房时会看见他们俩边唱《小小蜘蛛》边做手指操,或者在地板上玩橡胶小浴缸,或者在装满干扁豆的大碗里寻找玩具小恐龙。

在这一方面,凯蒂虽然很有才华,却不算独一无二。其他许多护士也同样给予过亨利温馨的陪伴,凯蒂恰好是第一个与他产生情感联系的人。亨利对她的感情也最深,因此我在此对她不吝赞美之辞。凯蒂这样的人在体系中还有很多,他们极大改善了亨利和我们的生活质量,我无法一一指名致谢,这也是我写本书的主要动机之一。

对国民医疗体系我要夸上一句,它太了不起了,难以相信世上居然有这么好的制度。我年近四十时才发现它,真是喜出望外。还记得刚搬到伦敦时,我到当地全科医生那里做家庭登记。进门时我忐忑不已,因为在美国,走进一家医疗机构通常意味着你要和钱包说再见,或者至少要了解一下各种和钱包说再见的方式——如果你胆敢要求该机构提供什么服务的话。医生要我提供住址和出生日期,我据实回答。"还需要什么吗?"我问,感觉钱包在裤兜里瑟瑟发抖。

"这样就行了。"他们说。

"对啦!"我想起来了,"我是在英国嘛!"我们拿的是有效护照,已经按照卡梅伦和克莱格政府二〇一五年出台的政策交过医疗附加费,可以随心所欲地享受国民医疗体系的服务。我们确实充分享受了一番。你尽管去找医生，一分钱都不用掏，这部分费用已经包含在税金里了。

对国民医疗政策的探讨本身就足够写上一本书，但由于本人（以及每一个美国人）遭受过营利性医疗的荼毒，因此有必要华丽地扮演一回狄更斯笔下的圣诞幽灵，让英国朋友们认识到本国医疗政策的珍贵之处，这是我应尽的义务。如今越来越多的政客和报社老板意图使国民医疗体系私有化，真该给他们每人灌上一大碗泻药，让他们有多远滚多远。我祈求毗湿奴今晚能在梦中净化他们的心灵，办不到的话，让他们在二月寒冬里失足落井也行。

当一只小型治疗犬来到大奥蒙德街医院儿童肿瘤病房和亨利玩耍时，我看到了此生所见过的最灿烂的笑容。

我并不怎么喜欢小型犬。我可以亲近并尊重某一只小型犬，但整体来说，它们令我很不舒服。可能是因为我知道人类干预了小型犬的繁育，而我不认可这样的做法。让狗子们自己胡搞（或者不胡搞，如果你给它们绝育的话），顺其自然地繁衍后代吧。别给它们绑定胡搞对象，制造出一窝瑟瑟发抖的可怜小怪胎，成年后也能坐进麦片碗里。顺便一问，狗子胡搞时你会在一旁观看或协助吗？变态。如果它们拒绝胡搞，你会惩罚它们吗？话说回来，我更讨厌的其实是繁育者本身，而不是他们搞出来的倒霉的狗子狗孙，但每当听见某只吵闹的小垃圾冲着天空汪汪直叫时，我都不禁会想起它野性十足的祖先，也许它内心深处也知道自己已经被上帝遗忘了吧。

不过，来陪亨利玩的那只小狗非常可爱，我也不得不直面自己根深蒂固的偏见，通常我对此是能避则避的。长时间的化疗后，亨利感到疲倦、无聊，很想回家。有天早晨，一位十分亲切的女士来到他的病房门口，问他想不想见见洛拉，一只棕白相间的小狗，它非常喜欢孩子。"快请进！"我应道，于是他们便走进病房。

我将能拔的导管都拔掉，抱起亨利坐在地板上。我想确保他在安全舒适的状态下与小狗玩耍，他却立刻挣出我的怀抱，爬到地板上，和洛拉又亲又抱。他开心得不得了。由于左脸麻痹，他右脸上的笑容强度简直要爆表了。常人的微笑多多少少是左右对称的，但亨利只有半张脸能笑，你能清楚地看出他跟洛拉亲吻时的欢乐笑容和平静时的表情有多么不同。每次我翻看当时的照片，都觉得他的小脸快要撑爆了，仿佛人类的面庞不足以承受如此纯粹的喜悦。这绝对是我此生见过最美的笑容。他裹着尿布的小屁股坐在医院的油毡地板上，双腿摊开漏出黑色的矫形鞋，化疗后稀疏细软的短发贴着他光滑的脑袋，脸上绽放着你能想象出的最纯粹的欢乐神情。感谢你们，可爱的洛拉，还有洛拉的朋友——那位了不起的志愿者，她挤出空闲时间带着洛拉来陪伴罹患癌症时日无多的孩子们。

如果你正因亲人患病，或者本人住院而翻开本书，我必须强调，治疗期间和狗狗玩耍至关重要。

抱着一只狗（哪怕是小狗），让它舔你的脸，这和化疗、放疗、手术同等重要。为什么？因为真的有用，见效极快。化疗有用吗？也许吧。放疗？大概吧。抱着小洛拉和它玩，笑得脸都快掉了有用吗？对，有用，立竿见影。不需要开处方，也不需要事先签免责声明。狗身上有微生物吗？或许吧。我不在乎。记得医护们说过，化疗导致的免疫抑制期间发生的感染和疾病，多数本就源于人体内外始终存在的常驻菌群和病原体。既然化疗后无论如何都会生病，那为什么不找点乐子呢？在亨利刚开始化疗的时候，我问他的主治医生我们能否带他去当地的公园玩，医生的回答大意是："最好带他去公园！"

"可他的免疫体系不是很脆弱吗？"

"的确如此，但他在公园会玩得很开心，这非常重要。"

大奥蒙德街医院对亨利的照护周到得不可思议，我们对他的护士、护理师和游戏治疗师都很有好感。他以自己的方式茁壮成长，总是乐陶陶的，还成了个熟练的小扒手。亨利人见人爱,护士们喜欢抱着他在地板垫子上玩游戏,平时也常亲近他,每次离开后,他们总会发现衬衫口袋里的笔被摸走了。当护士们回来讨要东西时,亨利的(半边)脸上就笑开了花。

因为医院对亨利的贴心照护,利娅和我打算开始回家睡觉。做这个决定很难,但不至于心痛,毕竟我们住得离医院很近。这样做有两个原因:其一,亨利做过气管造口术,情况复杂,因此会有一位护士或护理师整夜陪护;其二,奥斯卡才三岁,尤金才五岁,他们也需要父母。

06

　　时常有人问我创作《大祸临头》第四季是否有疗愈作用，因为剧本面世紧接在亨利离世之后。我不知该如何作答。艺术确实是一方神奇、美妙、健康的宝地，能供我们细细加工自己的喜怒哀乐。但我也认为需要心理治疗时就该去找心理治疗师，哪怕再热爱工作，我也绝不期待或者强求工作能"治愈"自己。不过，《大祸临头》的剧本和表演确实也承载着我深深的哀痛。第三季是在亨利患病期间写的，第四季则在他离世后完成。

　　《大祸临头》第三季播出后相当长一段时间，

我都不知道是否会有第四季。英国电视四台和美国亚马逊都希望续订,但第三季的制作过程异常艰辛——剧本写作和拍摄期间,亨利都在住院,我恨不得每天从早到晚都陪在他身边。感谢老天,利娅早就撂下狠话:如果我用拍前两季的方式来拍第三季,她就和我离婚。曾经我根本不知道创作电视剧还有其他方式——尤其我还同时兼任着编剧、制作人和演员。我曾认为应该将清醒时的分分秒秒、日日夜夜都投入工作,这么想或许情有可原。在《大祸临头》前两季拍摄期间,我是个彻头彻尾的工作狂,也是个烂到极点的丈夫。利娅搁置了她的教职(多年来,正是这份教职承担着我们绝大部分的开销),同意到伦敦住六个月,好让我专心制作电视剧。她带着我们的两个儿子,一个三岁一个一岁,肚子里还怀着亨利!更糟的是,我们在伦敦举目无亲!而且我们搬到伦敦时正值秋季,严冬紧随其后,冬日的太阳下午早早就落山了,简直是玩忽职守。我真的曾让一家人搬进地下室公寓,睡在窗外摆满垃圾箱的卧室里吗？一点不假！我真的一天工作十四小时吗？家常便饭！

写下这段文字的感觉实在不好受。那时的我是个不称职的丈夫，却是电视工业中一个极其出色的齿轮。实在要辩解的话，只能说三十七岁的我以为这是个能让自己在娱乐圈"一炮打响"的绝佳机会，并误以为自己必须且可以给家庭责任按下暂停键，以将机遇牢牢抓住。我想请所有读到这里的读者替我自扇一个耳光，用肉体的痛感来铭记：人是不能给家庭责任按暂停键的。强行暂停后，必然造成实打实的伤害。我确实造成了伤害！彼时我在电视剧里假扮温柔体贴的配偶和父亲，我妻子则推着双人童车，挺着大肚子，去买供我和孩子们出恭用的厕纸和尿不湿，被路过的公交车溅一身水，而公交车车身上正印着我出演的剧集广告。伤害就是这样造成的。羞愧令我无法自拔。

谢天谢地，利娅心中自尊的余烬非但没有熄灭，还燃起了橘红色的烈焰。她要求我赶紧改头换面,否则就恕不奉陪了。我们达成了一些协议,包括大大缩减我和同事莎朗·豪根一起写作的时间,并雇用一位助理。达成协议数日后,莎朗和我凭借喜剧剧本赢得了英国影视学院奖。次日,医生告诉我们亨利可能得了脑瘤,并安排了核磁共振检查,最终确诊。我进一步压缩剧本创作时间,也因此学到了极其宝贵的一课:怎样以更高效、更专注的方式工作。我们的剧本质量也得以提升!

创作《大祸临头》第三、四季期间,我最欣慰的就是租用的办公室位于亨利的医院附近,亨利去世后则把办公室租在我家附近。这些地方有个奇异之处,就是周围都没人搞娱乐活动。少了娱乐圈的喧闹,我们得以埋头工作,心无旁骛。这里分享一条写作技巧!把办公室租在无趣的地方,就能防止玛娅·鲁道夫或者弗兰吉·博伊尔不停从隔壁跑过来借零钱或者求建议了。

利娅和我相识于二〇〇四年,当时我们在"胡话营地"当志愿辅导员。胡话营地位于玛撒葡萄园岛，濒临马萨诸塞州海岸，创立者是一位名叫海伦·兰姆的英格兰语言病理学家（同时也是一位失去了丈夫的母亲）。残障人士可以在胡话营地体验各种各样的荒野户外运动，开开心心地度过夏天。帮助残疾人参加帆板运动或者绳索课程是个挺难的体力活，因此学员与辅导员的配置是一对一。于是，在最初的那几周，利娅和我一边彼此熟悉，一边帮助各自的学员（两人都是脑瘫患者）游泳、参演全套音乐剧以及上厕所。我坠入了爱河，比以往任何一次都更快也更深，这话我一天会对利娅说好几遍。

一年后我们俩订了婚，订婚一周年那天，我们在北卡罗来纳州西部的一处山顶举行了婚礼。如今我们婚后的第二个十年已经过去大半，过得比第一个十年更好，因为痛苦的经历教会我一个道理：夫妻感情的维系需要投入和亲子关系同等的心力。接下来我会分享自己的经历，你可以尽情批评：刚结婚那几年，我真的以为对妻子关注也好，忽视也好，都可以随着自己的意思来，因为利娅是个独立自主的成年人。当然，我爱她，甚至可以说非常爱她，但如果某件特定的事情不和她商量，或者做重大决定前不试探她的态度，当时的我并不觉得有什么问题，她又不是需要我喂饭穿鞋的小孩子。那样的相处方式真的不行，如果我没有及时迷途知返，最终肯定会以离婚收场。只能一路下滑，不可收拾……

后来情况终于有所改善，我只能将其归于天降好运。好运来拜访我，告诉我不能把夫妻感情视作理所当然——如果我想将它维系下去的话。好吧，除了好运，还有亨利患病的晴天霹雳。

我们决定积极行动起来，维护我们的婚姻，在亨利患病期间也要每天坚持。几个简单的行动可以证明我们的决心。利娅和我每周要约会一次，哪怕亨利在重症监护病房时也是如此。约会不一定要选在铺着桌布的高级餐厅，可以仅仅是牵着手在公园走走，或是在医院附近共进早餐。重点是我们必须注视对方的眼睛，和对方身体接触，与对方沟通，了解对方的身心状况。这一天余下的时间里，交流也会一直持续：触碰、交谈、倾听对方的声音。晚上，如果没累到在电视机前睡着，我们就大声读书给对方听。利娅说互相朗读是很美妙的活动，让人在积极参与的同时又得到放松。给对方朗读时，你也能躺在床上沉浸于书中的内容，想象力要比看电视时活跃得多，读完后还能和对方讨论各自的想象。朗读时光中，陪伴我们最久的是米歇尔·法柏的《绛红雪白的花瓣》，这部辞藻华丽的长篇小说以十九世纪七十年代的伦敦为背景，让我们全心沉浸在另一个世界里，为此我们感激不尽。不幸的是，在那个世界也有一个主要角色死于脑瘤。

我不想冒昧给你建议，但必须说一句，如果你面临我们当时的处境，别忘记关注每一位家庭成员，要爱他们，要多与他们身体接触，经常眼神交流。亨利入院后不久，我开始将家人们视为一只手上的五根指头,每根手指都很重要,哪怕歪歪扭扭或长毛的手指也一样。人们很容易只关注病人,尤其是生病的幼儿,但如果对其他家庭成员缺少关爱,最后的风险还是要自己来承担。我无法为亨利代言,但我愿意相信,如果他知道爸爸妈妈把他深爱的哥哥们照顾得很好,彼此也相亲相爱,一定会很高兴的。

亨利的哥哥们和他相处得特别融洽。亨利确诊时尤金五岁,奥斯卡三岁;去世时尤金六岁,奥斯卡四岁。他们真是一窝漂亮的小男孩。两个哥哥爱死亨利了,亨利也同样爱他们。亨利一岁之前,我有时会刻意地想:"要有怎样的好运才能生出三个健康的孩子?他们三个都很健康。并不是每个孩子都无病无灾,但这三个孩子活得好好的。我们太走运了。"是的,我当时真是那样想的,可能还对利娅说过。父母有无数种方式对自己的幼崽大发赞叹,那就是我的方式之一。

尤金比奥斯卡大二十二个月，奥斯卡比亨利大二十五个月，他们是一支男子汉小队。记得我曾盼望尤金是个女孩，因为我当时认为女儿或许更能激发我的父爱。胡说八道。他像雪球一样从母亲的身体里滚出来的那一秒，我就疯狂地爱上了他。后来奥斯卡来了，也是个男孩，我还真的沮丧了十一秒钟左右。我觉得我们"应该"有个女儿，这样就圆满了。但是黏着一身胎脂的奥斯卡对我下令了，让我明白我将永远爱他，无论何时见到他，我的心都会为他融化。我立即从命——如今见到他美丽的微笑，我的心还是会融化。当亨利降生，成为我家的第三个男孩时，我只是哈哈大笑。意料之中！

这里我要说一句，孩子出生前，我们从没有查过他们的性别。感谢老天，利娅和我在这一点上达成了共识。如今很流行提前查胎儿性别，但我还是不能接受。知道了又能怎样呢？找个有精确生理结构的假娃娃练习擦黄色稀粑粑吗？还是把悬念再保留几个月吧！

三个孩子相对都健康的日子持续了差不多一年,我们都不知道肿瘤正贴着亨利的脑干不断生长。当确诊、手术、残疾、化疗以及一切无法回避的苦难成为日常后,我们五口人分散在家和两个医院之间,竭尽全力维持着完整的家庭。两个"大孩子"常来医院看望弟弟。曾经(现在也是),对我来说,把尤金和奥斯卡称为"大孩子"实在太好笑了,当时他们一个五岁,一个三岁,小小年纪就担负重任,帮助身心俱疲的父母照顾患脑瘤的一岁弟弟。我可以告诉你,他们做得非常棒。我们在两个医院住的都是儿童病房,室内外都有游乐区,还有好玩的玩具、书本和美术用品。大孩子们会去那里玩,如果亨利能下床,他们会带他一起去。他们也会很开心很听话地坐在病房地板上,边吃曲奇边陪亨利、利娅和我练习手语。

我们在亨利的病房度过了每一个节日。万圣节、生日、圣诞节。你猜怎么着?我们过得还挺开心。我们有一张万圣节照片,全家人都穿着骷髅装。如果你体会不到全家人在儿童癌症病房扮骷髅的乐趣所在,我也不知该说什么好了。

07

一天晚上,尤金、奥斯卡和我在大奥蒙德街医院陪亨利。我们吃了麦当劳,然后和亨利一起玩,读了几本书,看了几集动画片。利娅进来换我们的班,因为她要在病房过夜,观摩并练习夜班护士们的护理方法,为亨利将来回家做准备。和她一起来的是她可爱的朋友克莱尔,几个月来她常来看望亨利,陪伴利娅。[1]

---

[1] 如果你朋友或亲戚的孩子得了重病,我有个建议:立马上门去"打扰"他们,陪伴他们。如果你真的打扰到了他们,他们会直说的。不要说诸如"有什么我能做的尽管说"之类的废话。这句话安慰的是你,不是他们。这样说和边对着他们打哈欠边心不在焉地看着别处没什么区别。去给他们带点吃的,看望他们的孩子,摸摸他们的孩子,抱抱他们的孩子,带他们出去散散步。"有什么我能做的……"有,你可以在我睡着的时候帮我剪趾甲,再打扫一下厨房。还等什么?是你自己提出来的。克莱尔从来不问,而是直接过来帮忙。——作者注

我和利娅聊了聊下午发生的事，然后和她拥抱吻别，带着两个大孩子和护士们说再见，乘公交离开医院驶向几英里外的家。双层公交对我们来说一直是个新鲜玩意，于是我们爬上楼梯来到上层，挤进前排的两个座位里，从高处眺望着伦敦。这时手机响了，是我妹妹打来的，她语气恍惚，但内容直截了当。

她告诉我，托比亚斯从波士顿近郊高速公路的一座桥上跳了下去，当场死亡。

我不知道自己对她说了什么。当时我好像走开了几步，以防孩子们听到我们的谈话。我意识到公交停下了，而且已经停了一段时间。很遗憾我记不起当时说了什么。可能是关爱的话吧，平时我就是这样和她说话的。保证马上去看她、帮助她？也许我是这样说的，很快也会这样做。公交一直没有开动，交叉路口正在施工。我带着孩子们走下楼梯，下了公交，走过施工场地，想找一辆出租。孩子们还不知道他们的乔乔姑父死了。他们和姑父感情很深。他是个极好的姑父，风趣、和蔼又细心，失去了他，孩子们会多悲伤、多困惑啊。孩子们在我前方跑着，我实在无法鼓起勇气对他们开口。

在出租上，我给利娅打了电话，轻声将噩耗告诉了她。她放声大哭起来。她非常喜欢托比亚斯，他充满智慧和好奇心，热衷探讨宏大命题，就和她一样。护士们让她回家，我们俩坐在一起，呆若木鸡。我们一岁的儿子刚经历致残性脑部手术，正在接受化疗，而此刻，我们帅气的妹夫却躺在停尸房里。一切都那么痛苦。

该如何讲述托比亚斯的故事呢？几个月前，我甚至都不知道他正因抑郁症而苦苦挣扎。我自己也深受抑郁之苦，正在服药（并不讳言此事），因此我以为如果身边哪个人在遭受同样的痛苦，我能更早一步察觉到。但事实并非如此。

你不一定非得喜欢妹妹的丈夫。我知道有很多人不爱自己的妹夫。但每次回家，我都真诚地盼望和托比亚斯见面。利娅也是！利娅和托比亚斯相处得无比融洽。我们家几十年来养成的各种古怪习惯，只要是看不惯的，他们就一起大翻白眼。他们并不仅仅是"爱"对方或者忍让对方，他们是喜欢对方。我们全都是这样。

几个月前，妹妹告诉我托比亚斯的抑郁在这一年来越发严重，最终他怕精神出问题，直接登记入院了，把大家都吓得不轻。那时候他们的女儿玛丽两岁，他们一直商量着想再要孩子。玛吉以为他在为家庭的未来做打算。

正常情况下，我一定会更积极地想办法帮助托比亚斯面对困境，但一岁的小亨利正在伦敦的大奥蒙德街医院里，身上插着各种各样的管子，我清醒时的所有脑力都被他占去了。此外我也觉得既然托比亚斯能鼓起勇气寻求帮助，就应该可以解决问题，最多医生会花一段时间开出各种药物，看看哪些对他有用。多年以前，在戒酒后不久，我也有过几次抑郁症发作的可怕经历，靠药物和治疗渡过了难关。大约一周后托比亚斯出院并开始服药,最重要的是,亲朋好友们也知道他正与严重的疾病做斗争。我以为,既然他选择与我们坦诚相对,向着阳光敞开心灵之窗,应该就能好起来。

  托比亚斯去世前几个月,在他出院后不久,我去看望过他和玛吉。那是温暖美好的一天,我开车带他出去兜风,向他唠叨了一大堆经验之谈,可能包括了我的基本信念,即抑郁症残酷而难熬,害怕是完全正常的。抑郁症最可恨的特质之一就是它非常狡猾,情绪铺天盖地向你袭来,让你以为痛苦会持续到永远。但那当然是不可能的。我想,在任何一位抑郁症患者面前,我都会这样说。我告诉他:痛苦不会持续到永远,因为它不能持续到永远,没有什么能持续到永远,哪怕是(也许尤其是)那些你希望能持续到永远的感觉也一样。这是我早些年在匿名戒酒互助会上学到的最有用的东西。还有一点:哪怕你自己什么也不信,在极度低落的时候,你也可以依靠别人的信念。你相信我的信念吗?诸如此类。你觉得我是个白痴傻瓜?觉得你是全知全能的宇宙之王?为什么就不能接受这样一种可能性呢:不管你愿意与否都有人爱着你,而那些希望你能留在世间的人并没有错。

在抑郁症两次严重发作的间隙,为了克制强烈的轻生念头,我会和自己玩这样的游戏。这些可怕的发病经历使得我至今还一直服药。

我们驾车在马萨诸塞州的格洛斯特市转悠了一阵子。我不清楚我们有没有具体的目的地,我只是想把托比亚斯从屋里带出来,和他聊聊。他看起来极度消沉,我觉得我们之间有一层隔膜。大约半小时后,我们驱车回家,剩下的路途中没聊任何严肃话题。那是在夏天,我们带两个大孩子出来玩几天,想让他们体验一下正常的生活。到了秋天,托比亚斯又入院了,我觉得这个举动非常了不起,充满了勇气和对家人的爱。一年内因为抑郁症自行住院两次?这该有多么艰难痛苦啊。当然,我一直和妹妹保持着联系,她也和我细说过这段恐怖又艰辛的经历。但我没有飞回去找他，拥抱他，支持他；没有和医生们争论，逼他们给出一周、三个月和半年的治疗计划；我也没有住进他家，逼着他重新建立健康的心态——如果亨利没有住院，我可能真会这样做。我能肯定，帮助托比亚斯的部分冲动源自我们无力挽留亨利的生命，所以我愿意相信某种计划或者行动能挽留托比亚斯。我不知道。

我飞到波士顿参加托比亚斯的葬礼。上车出发前，玛吉吐在了路边的水沟里，老妈和我拥抱着她。棺材里的托比亚斯十分英俊。他看起来真美。

葬礼过后，我飞回伦敦，乘出租从希思罗机场直接来到医院，走进外科手术室压住亨利，好让医生修理他断裂的饲管。

托比亚斯走后大约一个月，老妈和妹妹打算刺纪念文身。她们去了马萨诸塞州塞勒姆镇上的一家文身店，这个小镇因为两件事而声名远扬：其一是在十七世纪猎杀女巫,其二是在二十和二十一世纪贩卖猎杀女巫主题的吓人短袖衫。文过身后,两人去街对面的酒吧喝酒。在桌旁坐下时,一位熟人过来打招呼。老妈询问他的近况,男人说:"唉,糟透了。最近真的很难。我女儿刚结婚几个月,现在就要闹离婚。太可怕了。"

"哦,真是太糟糕了。"老妈或妹妹说。

"你还好吗,玛吉?"那人问。

"很不好。我丈夫一个月前自杀了,我们还有个两岁的女儿。真不知该怎么办呀。"

那人震惊了,显然这个回答远远超出了他的应对能力。他眨了几下眼睛,然后看向我妈。"罗伯还好吧?听说他在伦敦过得不错。"

老妈目光一闪,看向玛吉。"能告诉他吗?"

"说吧。"玛吉说。

"嗯,罗伯一岁的儿子得了脑瘤,在医院化疗。做完切除脑瘤的手术后残疾了,罗伯和他老婆正在学习很多很难的护理技术来照顾他。他感染过几次，差点没撑过去。他们现在可不容易，医院和家两头跑，照顾着三个小孩。所以他过得也不怎么样。"

听完这话，那人的大脑已经完全宕机，摇摇晃晃地走开了。玛吉和老妈歇斯底里地大笑起来。如果此地时间倒流三百年，这咯咯呱呱、海豚音一样尖锐的笑声肯定会把她们送上州政府的绞刑架。

我们都疯了。或者说，我们仿佛生活在月球上的前哨基地里。知道妹妹也有相似的处境，我心里得到了极大的安慰，同时又情愿她的人生能以另一种方式展开，能生活在别处。

托比亚斯死于二〇一六年十月，亨利死于二〇一八年一月。短短两年，噩运将我和妹妹击倒在同一层楼的地板上。玛吉和我没有其他兄弟姐妹，我们一向十分亲近。多米诺骨牌一路倒下，我们身受重创，在接连不断的打击中晕头转向。这是悲剧发生的顺序：亨利确诊癌症，肿瘤切除手术致其伤残；托比亚斯两次住院寻求治疗，间隔数月；

托比亚斯死了；亨利癌症复发，我们知道他必死无疑；亨利死了。

为什么？怎么会？如果他们死于同一场大火或者车祸，也许还说得通，但每次想到他们两人在如此之短的时间内先后去世，我都觉得难以置信，我必须告诉自己，是的，事情就是这样发生的。

在两位亲人的死亡之间，我读了琼·狄迪恩的《奇想之年》。一开始，读到狄迪恩的丈夫约翰·格雷戈里·邓恩去世时，我心里并没有什么波澜。邓恩已经七十一岁，而我还在祈望两岁的儿子能撑到三岁。七十一岁听上去已经挺不错了。然而邓恩去世的同时，他和狄迪恩的女儿金塔纳也因肺炎和感染性休克躺在医院里昏迷不醒。当读到狄迪恩接受现实，努力在这可怕的双重冲击下站稳时，我心里突然一动。我并没有（也不能）在一位老人的死亡中得到安慰，但读到他的遗孀一边照料重症监护病房里昏迷的女儿，一边哀悼新丧的人生伴侣——好，这本书正是我所需要的。我已经戒酒二十年了,但这本书给我的感觉不亚于三杯啤酒外加一口大麻。狄迪恩减轻了我的孤独感。

我给玛吉打电话,和她聊了这件事。某人被拎着脚踝拖过地狱之门的惨痛经历竟能像水流一般冲洗平复我的心灵,这匪夷所思的事实令我们哑然失笑。二〇二一年十一月,亨利去世不到四年,狄迪恩本人也与世长辞。再会了,琼,感谢你曾予我一笑!

很难向外人说清过去几年来玛吉和我给予过彼此怎样的支持。与她保持联系对我来说至关重要,反之亦然。真希望命运没给我们这个坦露心扉、互帮互助的机会,但既然给了,我们就好好地利用了它。真是个奇妙又可恨的宏大对称啊。当我们中的一方在另一方面前痛哭时,另一方不会试图止住亲人的哭泣,不会结结巴巴地说些陈词滥调的安慰话语。我们只会倾听对方、拥抱对方。

08

亨利在大奥蒙德街医院住了七个月，此后他不再需要他们的特殊护理，于是转到了惠灵顿医院。不到两年前，他就是在那里出生的。起初我们并不情愿送他去惠灵顿医院，因为我们唯一想让他去的地方是家。此外，当时我正在拍摄《大祸临头》第三季，所以利娅必须独自承担转院的一切事宜。我们还听说惠灵顿医院没有任何人员接受过气管造口术的护理训练。

当然，事实证明了惠灵顿医院及其工作人员的出色之处。对亨利的气管造口和其他复杂的医疗状况，他们很快就上手了。更重要的是，除了身体上的照顾，他们也很重视亨利精神上的渴望与需求。一位护士长带着他一起坐在前台，他和每个进入病房的人打招呼，向他们露出半个灿烂的笑容。他也得到了极好的物理治疗与游戏治疗，他很喜欢医院室内室外的游戏区，里面放满了玩具，还有一个可以让他大显身手的"小厨房"。他和奥斯卡常常一起玩双人小摩托或者小火车。

在惠灵顿住院的同时，亨利每两周还要回大奥蒙德街医院接受化疗。化疗有副作用，必须妥善护理，控制感染程度，以防失控。每用一次药，亨利的状况就差一些。最终，六个月后的某天，在惠灵顿医院，亨利的状况突然急剧恶化。医护们认出这是脓毒症，派了救护车送我们去大奥蒙德街医院。我们经常乘坐救护车，但唯有这次司机在车流中横冲直撞，一路闪着蓝灯。陪同我们的护士在哭，因为这次亨利的状况非常不好。

到达大奥蒙德街医院后，医生很快决定拔除亨利的"希克曼导管"（用于输入化疗药物的长期留置导管），他们判定这就是感染源头。定下方案后，利娅便匆匆离开，去本地休闲中心张罗尤金的六岁生日会，我留下陪亨利。如果你有几个孩子，其中一个还得了癌症，分工劳动是常有的事。坐在那里等待亨利手术结束时，我意识到距亨利在尤金的五岁生日派对上呕吐刚好过了整整一年。

经过数日治疗，亨利从脓毒症中恢复过来，但这次感染也意味着他化疗的结束。化疗和抗生素治疗不同，抗生素必须用满一个疗程才能生效，但化疗使用极其烈性的药物，剂量与用法都必须小心控制，整个过程带着一种"呃……咱们来瞧瞧病人能承受多少"的意味。医生知道化疗会使病人产生不适，只能在化疗过程中不断调整剂量和方案。亨利已经接受过多次化疗，由此而来的副作用（免疫系统被削弱，导致他更易得脓毒症）渐渐难以控制；我们决定到此为止。此外，眼看着他在一个疗程后逐渐恢复，却在另一个疗程开始后又被打落谷底，实在是太折磨人了。每次他化疗时,签署同意书对我来说都有切肤之痛。说到大脑,我自己的额叶知道化疗能"帮"他,但脑干却更强烈地意识到我将置他于多么痛苦的境地。

得知亨利不必再化疗后,我激动不已。我完全清楚在很多情况下化疗可以治愈癌症,却也禁不住想象不久的未来我们的孙辈大惊失色的模样:"你们竟然会对癌症病人做这种事?"医生说它"伤敌一千自损八百",不是没有道理的。

亨利去世几年后,有一次我突然注意到接连几天都是温暖晴朗的天气。怎么回事呢?日历显示现在是四月。春天来了?我意识到自己已经有几年没感受到季节变化了。既要在医院看护亨利,又要在家照顾他的哥哥们,还得尽可能让一家人聚在一起,这实在是劳身劳神,以至我很大程度上忽略了周围的环境。当然,出门时该给自己和孩子们穿几件衣服我还是清楚的,但除此之外,我并没有真正察觉或者记录季节变换，春去秋来也不会唤起我的欢欣或者伤感。享受暖阳、倾听鸟儿啁啾，这些事确实令人愉悦，此刻我之所以允许自己感受春光，是因为亨利已经死了。

亨利患病的一年多里，普通的刺激在我身上失去了从前的效力。外部世界传来的细节与信息，曾经能带给我喜怒哀乐，如今也无法改变我儿子濒临死亡、最终夭折的事实。

他患病期间，我们始终抱着自我安慰的念头，觉得他会活下来。我们没有真的奢望他的残疾能得到某种程度的改善，但我们以为（医生也说过）癌症或许不会复发，有一天他不再需要气管造口。每三个月都会做一次核磁共振复查，我们心里翻涌着恐惧和焦虑，但结果一直都是好的。

我们就这么一起注视着亨利成长、改变。哪怕化疗和其他治疗也没有妨碍亨利从婴儿蜕变得越来越像一个小男孩，建立起自己的人格，担任起自己在家庭中的角色。

亨利有一副滑稽的绿色眼镜，镜片的部位装着两片塑料"挡板"。他喜欢把它从利娅脸上揪下来给我戴上，再反其道而行之。他是个热情的鼓手，也喜欢敲三角铁。和所有幼儿一样，他喜欢泡泡。他喜欢用魔杖指着哥哥们，施展黑魔法把他们"击倒"。他还喜欢跳舞，特别喜欢随着内克德和戴奥的歌曲《欲火难耐》跳。利娅抱着他，两人一起摇来摆去。

化疗还没结束时，亨利已经开始接受物理治疗。此刻回想起他的理疗课，我不禁露出了微笑。亨利在理疗课上展现了我见识过的最为坚韧的努力。给他上课的女士们都非常专业。她们教他做一些小练习，比如"高跪位"（抬起臀部，从坐姿转为跪姿，并保持住），再温柔地指导他完成动作。他做得那么好，那么努力。看着一个正在接受脑部化疗的一岁幼儿在重重禁锢下拼尽全力，真是令人震撼得难以言喻。我们常看着他推着一种叫"利夫顿漫步者"的助行器走来走去，助行器的名字让我们觉得十分好笑("快闪开,利夫顿来漫步啦!")。他对生存、学习、成长的欲望是我生平所见最强大的力量。如果你以为自己对孩子的进步已经不吝夸奖,你真该看看亨利从地板上拾起茶杯放上矮桌时利娅和我欣喜若狂的模样。爱因斯坦和小威廉姆斯都靠边站吧,亨利才是真正的成功者。哦,哦,我们是多么喜欢帮他练习,多么喜欢在练习完成时抱他、吻他啊。

对理疗课的回忆提醒了我一件事,那就是我并不喜欢把癌症治疗比喻成"战斗"。我不认为你能和癌症战斗,或者打败它。我目睹过年仅一岁的亨利在绝境中一次又一次奋力拼搏,由此明白了哪怕能战胜一切的强者也终将被战胜。癌症几乎总能达到目的。如果它将来找上我,但愿我会顺其自然。

亨利被确诊并在医院开始新生活后,我听了大量艾略特·史密斯的歌曲。没什么好惊讶的,我一直很喜欢艾略特·史密斯,但现在我有个孩子命悬一线，他的人生往好了说也将发生天翻地覆的变化，再也无法返回正轨，艾略特·史密斯的唱片尤其符合我此时的心境。没听说过艾略特·史密斯的人可以了解一下，他是一位音乐天才，他的作品适合心情抑郁的人群——不抑郁的人听完也会抑郁，甚至他还在世的时候就是如此。后来，二〇〇三年，他用厨刀冲自己的心脏捅了两下，这样的死亡方式使他以"不朽的悲伤王子"之类的称号留名后世。"有趣"的是，他去世几年后，在喜剧《特伦鲍姆一家》中，导演维斯·安德森在卢克·威尔逊饰演的角色割腕时，安排的背景音乐就是史密斯的《大海捞针》。

比以上这些更重要的是，在史密斯尚且健在、正忙于创作最后一张专辑的二〇〇二年，我在一家戒瘾所里戒酒，结识了一位极有先见之明的艾略特·史密斯的狂热粉丝。他名叫格雷格，与戒瘾所里的其他一些人一样，刚刚刑满释放。我倒是没坐过牢，只是在接受康复治疗，从那时起直到现在，二十年里我再也没酗过酒。格雷格是个大块头的意大利小伙子，可以把我和艾略特·史密斯两人一起当杠铃举起来，但他的爱好却是边弹吉他边唱史密斯的歌，非常动听。格雷格颈部左侧有一处凸出的新鲜伤疤，鲜红丑陋，像个很大的T字。怎么回事？几个月前他试图自杀，方法是——猜对了——用厨刀捅脖子。我和他在戒瘾所中共处了几个月，此后就再无他的音讯。时隔多年，我只记得很喜欢听他弹唱，以及他欠我三十美元，相当于现在的四十七美元。格雷格，如果你读到这本书，不必给我还钱。别用这钱来买刀就行了，你这疯子！

不止如此，我在戒瘾所的另一位室友，一个非常英俊、瘦削的瘾君子还曾和艾略特·史密斯一起演出过。他说他戒毒的部分动机就是还想和史密斯多相处一段时间，在他看来，哪怕尚且健在，史密斯也是个警世寓言式的人物。

所以，亨利住院时，我每天想听的就是这样的音乐。没错，我是个戒了酒的酒鬼，二十年来几乎每天早上都要吃两粒抗抑郁药，但史密斯的音乐并不会令我消沉。哪怕与抑郁症相峙多年并取得了不小的成功，我也有些搞不懂他的音乐为何会带给我如此感受，倾听的过程中，我其实也没有太多的感想。我能确定的是，有些别人觉得太过压抑、敬而远之的事物，却能令我喜爱、给我慰藉。难道我是在对自己实行暴露疗法？我不知道。可能这和我喜欢听人提起亨利是一样的。如果他们对此歉疚，我会安抚他们，说他们其实并没有真的"提起"亨利——我反正已经在想他了。类似地，史密斯的作品和其他音乐可能听起来——或者确实——忧郁哀伤，却能打动我的心灵，因为听歌时我会想："这正是我内心的感受。"所以为何不接受自己的真情实感，静心倾听，让音乐帮我找到一些内心与外在的平衡呢？

艾略特·史密斯作品的鲜明特征之一，就是他在大部分歌曲中设置了两条带人声的音轨，听起来就像有两个他在同声歌唱。不是和声，就是两个他，几乎就像一个如影随形的缥缈回声。效果非常美妙，忽隐忽现，令你一时捉摸不定，片刻之后才会醒过神来。有时候，我喜欢想象有两个艾略特，其中之一确实承受不住世间种种撒手而去，另一位却只是退出了音乐界，在某个地方过着心宽体胖的日子。

由于 Spotify 音乐平台（在唱片公司的怂恿和支持下）压低艺术家薪酬，我弃用了他们的播放器，但此前我还挺喜欢他们给用户做的年度总结，会展现一年来我听得最多的近百首歌曲。令人毛骨悚然的是，二〇一六年的总结中除了三首歌，其他都是艾略特·史密斯的作品。还好我的心理治疗师没收到 Spotify 的警报，不然他就会拉来一队特警将我就地捕获，再送进最近的精神病院。这可是最危险的信号！"他的年度音乐报告里全都是艾略特·史密斯？？最后见到他的人是谁？能查监控吗？快！快！快！"

例外的那三首歌来自一位名叫奥斯吉尔的冰岛

艺术家。我第一次听到他的作品可能是在BBC音乐频道。奥斯吉尔发行过几张专辑,柔美繁复的风格与贝克的民谣专辑《清晨时分》极为相似。

亨利在医院病床上小睡时,我常听奥斯吉尔的《寂静之中》。这张专辑的曲目复杂又精彩,同时也十分沉静,足够伴随一岁孩子安眠。于是在亨利的午睡时间,我和他一起将这张专辑翻来覆去听了许多许多次。我让他舒舒服服躺好,自己也在他身边那张医院提供给家属休息的小床上躺下。我们听着奥斯吉尔的歌声入睡,一起徜徉在梦乡。如果能再躺在我美丽的孩子身旁,再陪他做一次梦,我什么都愿意干!如果我明天死去,这可能就是我一生中最美好的回忆。男孩和他的爸爸,沉睡、做梦,做梦、沉睡。机器偶尔发出嘀嘀声。走廊里传来护士的响动。我可能不时起身给他吸痰,但大多还是在做梦、沉睡,沉睡、做梦。

亨利走后两年,奥斯吉尔发行了一张新专辑。我边听边止不住地流泪,我真是太想和亨利一起听了。

那之后过了几个月,我参演了一部电视剧,导演是位冰岛女性。我对导演说我喜欢奥斯吉尔,她说她也喜欢。然后她问我是否了解奥斯吉尔的父亲,我说不了解。她告诉我,奥斯吉尔的父亲是一位诗人,他创作了奥斯吉尔所有歌曲的歌词。我震惊得说不出话。在那种近乎神圣的氛围中,我和亨利一起听过最多的音乐,竟然是另一对父子的合作成果!

多么美好!

多么不可思议!

09

亨利的气管造口管使他无法开口说话,到他两岁时,我们已经有将近一年没有听过他小鸟般的声音,也知道或许永远听不到了。

平时他漂亮的脖颈上都插着一根气管造口管,护理它需要大量时间与精力。开在他喉部的洞口大小和弹孔尺寸相仿,所需的关注也与护理枪伤相当。

我和给他护理气管造口的护士成了熟人。她曾是英国地方自卫队的上校,在伊拉克和阿富汗效过力。二〇〇五年七月七日，在导致五十二人遇难的伦敦爆炸案中，她协助建立了大奥蒙德街医院的伤员分流处。我得插句嘴，她对演员马克·哈蒙心怀爱慕，不止一次在聊天时提到他。对此我不予评判；我自己也会时不时说起艾丽希亚·凯斯，没什么大不了的。这位护士教会我怎样护理我漂亮宝宝脖子上的那个洞，这样的护理对他的生存至关重要，却也给他带来了极大的痛苦。我真恨自己不得不狠心下手，但同时我也很感谢她所教的护理方法，以及护理之后将我拉回理智状态的耐心劝慰。

失去声音之后，亨利通过默启通手语和我们交流。默启通是一种语言系统，通过符号、手势和话语帮助人们与言语表达困难的对象沟通。许多唐氏综合征患者觉得它很有用，亨利这种因为气管造口和神经损伤而无法说话的孩子也同样因它受益良多。如果你在BBC幼儿频道见过可爱的翻滚先生，就知道默启通是怎么一回事了[1]。翻滚先生由演员贾斯汀·弗莱彻扮演,他可能是英国最有名的默启通使用者,帮助无数家庭提高了沟通技巧,真正建立起了更健康、更亲密的家庭关系。不夸张地说,我爱死他了。有一次我听到一位妈妈谈论幼儿频道的节目,说她不喜欢翻滚先生。我只得扭头就走。惹了翻滚先生,你就惹了我!算她走运,那天我还有事要忙,没空去惹事蹲大牢。

我还没有见过翻滚先生本人,但是已经有幸见过"手指歌唱家",在亨利可爱而短暂的一生中,她们可能是带给他最多欢乐的人。"手指歌唱家"由苏珊娜和特蕾西两位成员组成,这两位了不起的女士的众多成就之一,是在大奥蒙德街医院的电视上创建了她们自己的频道。她们用默启通手语与可爱的歌喉表演各种各样的歌曲与儿歌。我们刚找到

---

[1] 这个角色会通过手语对电视机前的孩子讲故事。——编者注

她们的频道,亨利就被牢牢地吸引了。一个专为他这样的孩子建立的频道!亨利、利娅和我把苏珊娜和特蕾西的每一首歌都看了一遍又一遍,跟着她们练习手语。真是太有趣了。亨利很擅长手语。脑瘤与手术仅仅阻碍了运动技能的发展,对他的大脑额叶没什么明显的影响,因此他和任何一个孩子一样机敏、好奇又努力。

有一天,我正在大奥蒙德街医院的自助餐厅里(可能在喝保卫尔牛肉汁?),突然认出了一个熟悉的身影。"手指歌唱家"的成员特蕾西坐在一张餐桌旁,就像个普通食客!我深吸一口气,向她走了过去,既坚决又谦卑,就像普通歌迷走向保罗·麦卡特尼[1]。我还记得当时和她聊天的内容:我告诉她,我是从她的美妙作品中获益的千万家长之一,多亏了她,我和孩子间的交流得到了极大的改善。她没有说"麻烦离我远点",而是态度愉快地听我聊亨

---

[1] 英国歌手、词曲作者、前披头士成员。——译者注

利的事,以及她与苏珊娜的作品带给我们的影响。她甚至问我能不能带她去亨利的病房见见他。她真的去见他了。亨利兴奋得不得了。一开始他有些困惑,搞不懂世上最酷的人为何突然从电视中走了出来,但孩子的接受能力很强,他很快就想通了,而且似乎产生了这样的念头:"哦,这就对了;她一定很想见我。有趣的女士都喜欢我。"护士们几个月来没完没了的宠爱对他有了影响。他和特蕾西一起用手语唱了《小小蜘蛛》《玛丽有只小羊羔》以及其他儿歌,非常开心。我也一样!特蕾西和我保持着联系,后来我们也与苏珊娜见了面。

亨利去世后不到一年,我被邀请去BBC幼儿频道朗读睡前故事。向英国之外的读者说明一下:幼儿频道是BBC专为小宝宝们创建的,它可能承担了英国百分之二十五的育儿工作,而且完成得不错。节目非常好看——质量很高,富有教育意义。《特别的事》《嗨,道奇》和《布鲁伊》这样的动画片充满了天马行空的创造力,善解人意又振奋人心,很受孩子和成人的喜爱——而且中途不会插播广告。此外，每个播映日的晚上六点五十分，他们会邀请一位名人给孩子们读故事，作为关灯前的压台节目。我一直盼着能参加，当他们邀请我时，我激动万分。我问他们能否用默启通手语来读故事。

幼儿频道很痛快地同意了，而我则惊讶地发现自己是第一个用默启通手语讲睡前故事的人。我们一致同意彭妮·戴尔的《床上的十个伙伴》是个很适合用默启通手语讲述的好故事。录节目前的那些天里我坚持练习，到了约定那天，我来到伦敦的一家酒店进行录制。他们让我坐在床边，床上放着十个必不可少的毛绒动物玩具。他们还安排了一位亲切的默启通手语教练，以确保我的所有手势都正确无误。录制一开始相当顺利，但到了该用手语说出"我好冷，好孤独"这句话的时候，我开始掉眼泪了。我正读着亨利喜欢的书，用的是当年我为他热切学来的交流方法，可他再也看不到了。这个念头真是一记重击。当然，我极其渴望能在电视上推广默启通手语,好让其他家庭观看它、使用它,但亨利已经不在人世,我却在做他生前那么喜欢的事情,这感觉实在太痛苦了。监制说我可以休息一会儿,我说不用,我哭是因为想念儿子亨利。默启通手语是我为他学的,可他已经不在了。让我深呼吸几次,我们就可以继续录制。

亲切的监制出于善意与体贴让我休息,对此我无意苛责;我只知道必须让那些残疾孩子和他们的家人看到他们的第一个默启通手语睡前故事,将它播放出来是我们的职责所在。有一些事令我感觉"无论如何都要坚持到底",这就是其中之一。

我确实坚持到底了,睡前故事播出后也大受欢迎。看见它给那些需要用默启通手语交流的孩子和家长带来那么多欢乐,我心中对可爱的、圣洁的亨利充满爱与感激。亨利已经离我而去,再也不能陪伴身边,这对我而言是深切、长久的痛苦,但当我用从亨利那里学来的东西给有重病/残疾孩子的家庭带来欢笑时,我真的——真的感受到了他的存在,以及他给世界带来的改变。如果他在天有灵,一定会为此而喜悦,这份喜悦也传递到了我的心里。

在不久前出演的一部电视剧里,我扮演的角色目睹了别人喉咙中枪的场景。这是一部成人动作喜剧,拍摄过程充满乐趣。从各方面看来,这都是一次完美的工作经历,大家时而开心时而严肃时而恐惧,基本把所有情绪都体验了一遍。并不是每次工作都能遇到这种机会,一旦遇上真是一大乐事。我知道自己将要拍一场目击枪击的戏,也模模糊糊地想过"不知真正拍起来会怎样"。但真到了拍摄的那天,强烈的恐惧感几乎令我当场大脑宕机。

其实我早已亲眼见过脖颈处弹孔状的开口鲜血直流的惨状,而且这惨状还发生在我深爱的人身上。更可怕的是,有时候让他流血的人就是我。每月至少一次,我们必须为亨利换上新的气管造口管,更换造口管的情形往往十分骇人。这并不仅仅是个医疗流程；要换造口管，必须压住亨利，同时以极大的力道和极高的精确度将略大于造口孔的气囊从人工造口拔出。这孔洞是一个造口，是用手术刀造出来的。因此它一直没有停止愈合，周围长满了瘢痕组织。在一个月的时间里，洞口会越长越小，因此在换造口管的过程中，有时会流血。有时候血会流得很多。想象一下孩子膝盖擦破皮时你的感受，再想想如果孩子喉咙正中的洞口里鲜血直流，你会是什么感觉。而且此时你正压住孩子，制止他的挣扎；他无法呼吸，他的苦难已经超出了"恐惧"和"疼痛"的范畴，血呛在他的喉咙里，而使他流血的人正是你。有时候你还得安抚房间里的其他成人，因为你要训练他们做同样的事，万一你要去工作或甚至只是去睡一会儿，就可以把孩子交给他们。顺便一提，我说这些并不是想控诉谁，只是大部分人并不需要掌握这样的急救护理技术，以照料做过复杂气管造口的婴幼儿，甚至医生护士也是一样。而且你必须在真正的孩子身上进行过实际操作，才能独立在医院以外的地方照顾他们。于是为了让亨利这样的孩子平安存活，利娅和我娴熟掌握了所有不得不学的可怕技能，正如我们之前与之后的许多家长一样。

（多说一句，有些读者可能会奇怪为什么我们在更换造口管的过程中没有麻醉亨利。这是因为他的诸多脑干问题中包括中枢性呼吸暂停，即大脑不再向控制呼吸的肌肉发送指令。每次他接受麻醉——在各种各样的治疗中，他一直在接受麻醉——呼吸暂停的问题就更加严重。）

出于以上原因，一想到即将目睹世界一流的特效团队制作出女人喉咙开洞、鲜血横流的场面，我脑子里就蒙蒙的，整个人又迟钝又害怕。我问导演和制作人能否私聊一会儿。

我说："嗨，伙计们，我，呃，很害怕马上要拍的那场戏。照顾亨利的时候要用到一种护理手段，会导致他喉咙上的开口流血，那个开口正好和弹孔尺寸一样大。"

"天啊,"那位无比善良的制作人说,"我真的不知道。确实非常可怕。我们能做什么?有什么可以帮你吗?"

"老实说,我只是想跟你们谈谈这件事,这样我就不必独自把这个可怕的秘密憋在心里了。现在说出来了,我感觉好多了。"

"好的,但是如果有任何……"他思索片刻,"需要我们改成她脸部中枪吗?"

"不用,不用,还是喉咙中枪吧。这样看起来很酷。看着别人喉咙中枪是件很酷很有趣的事儿,剧本里就是这样写的。我只是需要两位理解我的心情,说出来,我真的好受多了。"

他们带着担忧的神情应道:"好吧……"

大约一小时后,我将女人的"尸体"拖过一摊从她喉咙和胸口流出来的、至少两加仑假血积成的血泊,打开白色 SUV 的后备厢,将她扔在瑜伽垫旁边。

最近利娅撞见过一次我流泪,当时我正在听录音里亨利咿咿呀呀的声音,那还是在他确诊和手术之前录的。我无意中翻出了这段几年前亨利的哥哥们模仿阿兰·帕特里奇[1]的录音,亨利就在背景音里用流利的"婴语"自说自话。没有语句,这只是他执行重要任务(可能是在和洗碗机玩耍)的伴奏。真像音乐一样。天啊,我多想再听听他的声音。

---

[1] 英国喜剧电影《阿尔法爸爸》的主人公。——译者注

10

亨利满两岁了。曾经我们根本不敢奢望他能度过第二个生日,毕竟医生对他病情的预测并不乐观。在大奥蒙德街医院住了七个月,又在惠灵顿医院住了七个月,我们极其渴望能带他回家。整整十四个月,每一周每一天他都是在医院度过的。我们面临着一个最根本的问题:亨利才两岁,还开着人工气道,必须一直有人监护,哪怕睡着时也是如此。这个问题看似有个解决办法,就是地方政府提供的社会护理服务。但对气道有问题的孩子,医院要求所有的社区护理员必须达到某个"级别",或者必要的资质等级才能提供服务。如果政府无法提供足够拥有资质的护理员,医院是不会放孩子出院的。惠灵顿医院始终严格遵守这个规矩,虽然它等于是在告诉我们:哪怕孩子已经不需要我们这个级别的护理,你们也不能带他回家。亨利的气道一直是个大麻烦,一旦出了问题会瞬间危及生命,除此之外他的情况总体上还是稳定的。停止化疗几个月后,他的免疫系统得到了些许恢复,理疗更是令他充满活力。他的状况令我们十分振奋。

和我们一样,医院也希望保证亨利的安全,然而政府却无法给亨利提供足够的居家护理。

我们所居住的地方并非疏于管理的自治区,不至于刻意阻拦孩子回家和父母兄弟团聚。真正原因在于政府多年来在社会护理上的投入一直不足,导致社会护理行业的就业前景极为暗淡。每个人都能从国民医疗体系中受益,但并不是每个人都需要社会护理,因此这方面的资金更容易被压缩,也不会得罪大部分的民众。最蠢(蠢到家了)的一点是,政府为打造这个令亨利无法回家的环境投入了大量金钱，远远超出夜间护理气管造口儿童的那点可怜巴巴的时薪。在一个周末早晨，我甚至去了本区议员的办公室，说我有一条妙计可以帮政府省下大笔费用，就是把我儿子从医院释放出来。值得赞扬的是，公正而可敬的艾米莉·索恩伯里议员大人真的为亨利联系了地方政府。

利娅和我很快便意识到，身为上过大学的白人，习惯了想要什么都能到手的生活，是一件多么幸运的事。一般情况下，生为白人且受过高等教育已经相当幸运，而当你正如履薄冰地行走在各种烦琐的行政流程、表单和听证会之中，不停听别人对你说"不"的时候，白皮肤和一两个学位的分量就更加突出了。同样幸运的是，我们夫妻俩都健在，而且没有离婚。我真无法想象单亲家长该怎么蹚过这汪泥潭。不过有一件事我倒是能想象得出：在努力确保我的孩子能获得他合法享受的护理服务时，我将第二十三次听到"不"，并吞下失败的苦果，任由自己沉入炼狱之中。

绝大部分相关事务都是利娅搞定的。虽然多学科联合会诊时我都在场，但和我相比，利娅才是更出色的战略专家。她的眼光总是比我更加长远，能察觉该在哪里推一把，该用什么方法达成目的。

希望你能相信我，试图将亨利平安带回家的那段日子给我们的压力之大，丝毫不亚于治疗过程中每一道令人胆战心惊的关卡。多少小时、多少天、多少周，在本该用来陪伴重病垂死孩子的宝贵时间里，父母不得不站在一屋子人面前苦苦哀求。由于政府克扣预算，这些人与重病儿童家庭之间竟成了敌对关系。以防你前面看漏，这里再重复一遍：对政府而言，给孩子配个居家看护比让他白白占用一张病床要便宜。

我也完全清楚，如果在美国，我们还得先和保险公司周旋一番。好像孩子重病的噩梦还不够恐怖似的，就让咱们在你生病的孩子和救命的医疗服务之间焊上一块牵涉数十亿美元的公开交易却和治病毫不相干的官僚主义铁板吧。我敢说这足够让你到医保公司的高管层去"聊一聊"了。

熬过无数令人身心俱疲的会议与听证后（详情我不想多说，但它们令我积攒了几辈子的愤世嫉俗），我们总算将亨利带回了家，好戏便开场了。

亨利刚回家那会儿，我们过得提心吊胆。利娅拜访了好几个在家看护残疾孩子的家庭，学习他们的各种安排。我们把亨利的卧室改造成了一间专门的病房，配备了各种大型机器，包括制氧机、喂饲泵和形形色色的监护器。各类补给和药品数量多到了好笑的地步，相当于一个中等规模商店的库存。头几周过得十分辛苦，每天都累得仿佛刚跑完半程马拉松又去参加大学入学考试。最初的恐慌退却后，我们爱上了这种生活。我们团聚在同一个屋檐下，从醒来到入睡，全家人可以在一起度过一整天。我们觉得很舒心，这才是生活该有的样子。

有时候亨利发烧，就得在医院住上一两晚。他的免疫系统很脆弱，咽喉与腹部的开口以及胸部的希克曼导管也令他更加容易感染。利娅和我时常追忆起一些细节，它们对普通孩子来说是生死大劫，对亨利而言却只是日常小事。

天啊，我多么想念照料亨利的日子，多么想再帮他消毒插管、止血喂药。不久之前，我走在街上，突然看见一位伦敦自行车急救队员将车停在一个跌倒的人身边。这人摔在人行道上，撞到了脑袋，血流不止。伤员块头很大，搬动他可不容易，于是我停下脚步，问那位急救队员用不用搭把手。他狐疑地将我打量了一番，问我是不是医生。我咕哝了几句"不，我只是经常照顾病人，不介意碰血"之类的话。他哈哈大笑，说太棒了，他可不喜欢医生们跑过来逞英雄，他们在医院做本职工作可能是一把好手，面对常见的紧急情况却往往不知所措。不管怎样，他说，眼前这位伤得似乎不太重，他自己就能解决。

他向我道了谢，我继续赶路，心里有些失落，觉得错失了帮忙将人抬上救护车或者被喷一脸动脉血的机会。我想念急救与危机。自打二〇〇二年那起促使我戒酒的车祸之后，我就一直想念着急救的感觉，亨利病后尤甚。二十年前，我刚结束康复期，正住在戒瘾所里的时候，和我同住的一个小子割腕了，我带他去了洛杉矶的急救室。他后来（至少身体上）没什么事儿，但我至今还记得坐在分诊室外的感受，听着急救室里一片忙乱喧闹，心里却只觉得无比安宁，仿佛身处一个充满禅意的冥想地，能俯瞰大瑟尔的海洋，还能看到鲸群从几百英尺之下浮出海面，呼吸孔喷着水雾。如今，无论何时遇到身边的人受伤，我都能保持平静专注，还能大致预测他们即将面临的三种状况。第一种，尘埃落定时伤员并无大碍，包扎一下或者缝几针就基本没事了；第二种，伤员可能会断手断脚，需要手术，过几个月或者几年，他们能恢复到百分之九十五，这也是个不错的结果；第三种，伤员一级级滚下台阶，阶梯底部就是死亡。我希望不至于此，但此时情况危急，我的任务不是预测他们的命运，而是尽快让他们得到救助。之后，我才能放松下来，确认他们属于哪种状况。

或许将来会有所改变吧。自从二〇〇二年那次促使我戒酒的车祸以来，有好几年时间我无法正常地感知疼痛。我的右臂和左腕严重骨折，都需要手术修复。此后，哪怕脑门上挨了一记砖头，我也只会产生"糟了"的念头，而不会感觉痛苦或者吓得不知所措。幸运的是，后来我又变得能够像一只巨型猫咪一样一惊一乍了，哪怕轻轻地打一下自己的脑袋，我也会不间断地又嚎又骂至少五分钟，责问老天怎么会让我犯如此愚蠢的错误。

也许有一天，我会重获遭遇危机时惊恐慌张的能力。时间会揭晓答案的。

当然，在亨利的出生与死亡之间，还有他的生活。那是我最爱的一部分。亨利活得可真精彩。一栋住着三个男孩的房子活像小镇边缘破烂不堪的动物园：喧闹、危险、令游客胆战心惊。作为动物园里最小的动物，亨利明白自己得采取非传统战术才能得到关注。他也确实这样做了。他温柔、沉静、可爱得不可思议，这样你的目光就会牢牢拴在他一个人身上。这个办法很聪明，也确实奏效。

亨利十一个月大时发病，他只用很短的时间就适应了自己的残疾（毕竟他只有一岁，不像已经四十五岁的我，既爱抱怨，身体又僵）。亨利永远笑容满面。当他笑得张开嘴巴露出牙齿，你就知道你的小把戏真的逗乐他了。

学会在生活中克服身体上的种种不便后，亨利美丽而纯粹的人格便迸射出空前灿烂的光彩。和他相处非常有趣。可不是所有一两岁的孩子相处起来都如此！有些孩子就不是这样！但亨利很有趣！他那么善于表达，虽然他说不出话。

搬回家后，亨利更是爆发出前所未有的生命力。他恢复了住院以前与我们互动的方式。他玩哥哥们的玩具，和我们一起躺在床上。学会玩滑板车后，他就骑着小车满屋乱窜。他喜欢去公园和狗狗玩抛接游戏，会用优美的默启通手语与人交流，会逼着人没完没了地给他画蜘蛛，会伴着希雅和贾斯汀·比伯的歌曲和妈妈热舞，会和哥哥们玩耍。他爱死了两个哥哥，哥哥们也满怀爱意地照料着他。

说件滑稽事儿，亨利最喜欢的活动之一是翻阅一本名叫《丈夫禁忌大全》的口袋书。几年前，我开玩笑（也不全然）地将这本书送给利娅，让她好好管教我。这本书出版于一九一三年，其内容放在今天也毫不过时，包括以下极有价值的警句箴言："别以为你不需要向妻子表达爱意，别以为她'心里有数'。哪怕做了祖母，女性还是喜欢从丈夫那里得到亲吻和爱抚，以及情人般的小殷勤。"

亨利特别喜欢捧着这本书一页页地翻，对它的喜爱胜过了诸如《晚安，月亮》之类的童书，按理说孩子应该更喜欢后一类有插图的书籍。如果你想把《丈夫禁忌大全》从他手里拿走，他就会冲你晃晃食指，皱起眉头，露出一个很有威慑力的表情。

走开，老爸，我在学习怎么当好丈夫呢！

这段时期，我们还开始考虑让亨利上学。这段回忆尤其令人心痛。

我们带他去参观了理查德·克劳兹利学校，当地一所为残障儿童开办的学校。走在校园的感觉仿佛在天堂漫步。亨利可以上学？可以和其他孩子相处，一起学习、一起玩耍？可以学画画、做算术、惹麻烦？真想不出比这更美好的事了。我们有位邻居上的就是理查德·克劳兹利学校，他名叫阿奇，是个可爱的少年。他母亲苏菲和两个双胞胎妹妹是我们的好朋友。亨利走后两年，温柔的阿奇也因遗传疾病去世。如今我们两家依然彼此依靠，她们就住在街那头，与她们为邻令我感到安心。

对别人提起送亨利上学的打算时，我总是说"我们发现了一所亨利能去的学校"而绝不说"亨利要去的那所学校"。我不想把话说得太早。哪怕当时他的癌症尚未复发，我也不敢假定他一定能去上学。我知道自己可以尽情沉醉于当下，但经历了这所有一切之后,我知道不能太过期盼一个明朗的未来。

在亨利生命的最后一年,"彩虹信托"和"诺亚方舟"这两个优秀的慈善机构给了我们很多帮助。从施惠者——或者不理会他人求助的忽视者——成为受惠者,其中的过程可谓相当坎坷。彩虹信托为抚育绝症或重症儿童的家庭提供支持。他们会为你配一位护工,每周到你家待几个小时,提供一切能力范围内的帮助。我们的这位护工名叫菲奥娜——天哪,她可真是太棒了[1]。她和我母亲年龄相仿,简直就是《靠着我》这首歌的人形化身。

她每周会来几次,我们需要什么,她就做什么。有时她会照顾亨利,让我们带着其他两个孩子

---

[1] 这里多说一句,叫菲奥娜的人在英格兰遍地都是,以至无论何时,你需要提供不在场证明,只要说一句"我当时和菲奥娜在一起",别人就会相信你。如果再加上一句"我当时和菲奥娜一起去国王之首酒吧了",你立即就会被无罪开释。这个不在场证明可谓无可挑剔,哪怕有数名证人目击你出现在犯罪现场。——作者注

出去跑跑步,或者只是在街区走一走。有时她会清洗餐具,让利娅和亨利一起躺在地板上玩游戏、用手语聊天。有一次,她将满载亨利医疗用品的汽车开到一座小木屋边,让我们在那里度假;她以她的方式创造奇迹,改善我们的生活。她时常与我们聊天,让我们倾吐心中最深的恐惧。我们告诉她,我们有多害怕失去亨利,多担心其他两个孩子。当我们痛哭时,她总会耐心倾听。

她也给我们的父母带来了极大的安慰。一位同龄人愿意给予陪伴,仅仅是因为她想来,而不是作为医护来履行给亨利治病的职责,我觉得这个事实令他们感到安心。

亨利爱菲奥娜,这是最重要的,我们也爱她。我们现在依然与她保持联系,与她见面总是令我们开心。菲奥娜是个一心救助重病儿童家庭的好心人,此外她自身遭遇过的悲剧也让她能更好地帮助处境困难的家庭。早在认识我们多年之前,她怀着第四个孩子的时候,丈夫史蒂夫意外去世了。虽然她最终再婚，孩子们也长大成人，但她对世事无常与人间疾苦有着深切体会，对于我们这样的家庭来说，她的理解尤其可贵。说实话，在那些尚未遭遇过悲剧的人身边，我总是难以真正地、全然地放松身心。类似的小毛病我还有一大堆，我还真是个"好相处"的人呢。

另一个给予我们极大帮助的慈善机构是诺亚方舟，这是伦敦北部的一所儿童安养院。他们的帮助大大改善了我们的生活质量。一想到他们，我的心几乎会漏跳一拍，因为他们，亨利与我们全家的生活都美好了许多。他们拥有很棒的实体机构，孩子和家长必要时可以入住，但亨利不需要；他在两所医院和家中接受诺亚方舟的帮助。诺亚方舟安排了训练有素的护士，给利娅和我喘息的时间；安排了陪亨利玩耍的游戏员；安排了一位音乐治疗师，还组织亨利的两个哥哥和其他家庭同病相怜的孩子们一起郊游。亨利疯狂地爱上了年轻的游戏员露辛达。他的音乐治疗师柯丝蒂几乎就是用水管将满满一消防站的纯粹喜悦直接冲到了亨利、利娅和我的身上。我现在还会看他们一起奏乐的视频,他们拨弄吉他,敲打装满豆子的鼓,周身洋溢着爱意。这所儿童安养院给我们带来了无限欢乐,哪怕在生命的尽头,我也不会停止对他们的感激。

自从亨利去世后,我就一直致力于为彩虹信托和诺亚方舟筹款。但我目前还没有为儿童脑瘤治疗筹过款,这可能会让一些人意外。这是因为我亲眼见过一英镑(或一美元)能给绝症儿童和他们的家庭带来多大的帮助——大到惊人。对于日日与疼痛、挫折、无聊和恐惧搏斗的孩子来说,与菲奥娜、露辛达或者柯丝蒂共处一小时,能带给他们无法估量的宁静与快乐,眼看着孩子受罪的家长也能从中获得慰藉和满满的喜悦。写下这段话时我已经四十五岁了,以我的阅历,我认为将钱花在这上面是最快速、最高效的。

当然,我不希望任何家庭遭受与我们相同的劫难。同样,如果按一个按钮就能令儿童脑瘤永远消失，我当然会毫不犹豫地按下去。但我办不到。亨利的患病与死亡令我感觉到自己的渺小，我十分清楚自己无力阻止孩子的死亡。但我知道谁能给濒临死亡的孩子带来欢笑，给他们被爱、被关注、被呵护的感觉，我也愿意将钱交给能做这些事的人。我认为那些为抗癌事业筹款的人做得非常出色，而我自己的工作则是确保绝症儿童和他们的家庭能从彩虹信托和诺亚方舟得到我们和亨利曾得到的那种快乐。确切地说，我认为这是我的使命所在。

帮助我们的当然不止有偿专业人员——家人们一直来来去去，给我们帮忙。利娅和我很幸运，双方父母都健在，亨利患病期间他们始终给予我们温暖的支持。我老爸是四人中唯一不上班的，所以他待得也最久。他多次从波士顿飞到伦敦，帮我们照顾亨利和两个大孩子。他做得特别出色，花了许多时间来陪伴亨利、尤金和奥斯卡。他们在一起的光景真的很美。我父亲和利娅的母亲南希是仅有的两位（利娅和我除外）可以和亨利单独相处的非专业护理人士，因为只有他们接受过气管造口管紧急置换的训练。亨利的造口管每月都要更换，我老爸亲手替他换了一次，习得了最后一项必要的护理技术（其实他的技能包已经塞得很满了），从此获得了单独照顾亨利的资格。他可真走运！亨利也一样走运。他们相处的时光充满乐趣。亨利情况特殊，老爸为照顾他学会了许多事，但最重要的是他会给亨利读故事，会抱着亨利，让他骑在自己的胯骨上，会带他出去散步、坐公交，会带着他和哥哥们玩游戏，给他们的摔跤比赛做主持。都是祖父擅长的花样。

11

今天当我写作时,老爸正在波士顿的公寓里休养。他得了一种肺炎,名叫PCP。这可不是什么迷幻药,而是肺孢子菌肺炎的缩写。二十世纪八十年代,它是导致艾滋病患者死亡的常见疾病之一,因此而臭名昭著。许多人把真菌视为PCP的罪魁祸首,但在免疫系统健康的前提下,真菌根本不是问题。老爸的免疫系统很弱,因为过去两年来,他一直在接受白血病治疗。至于为什么会得白血病,这是一个既曲折又可怕的故事。

一九六八年,十九岁的老爸被派往越南。在

此之前，为了避免被征召，他和兄长已经加入了陆军预备役，但他们的预备役部队还是接到了派遣任务。即使白天全部用来工作，晚上还要去夜校学习全套大学课程，他们也没能得到缓役。缓役似乎只针对白天上学的年轻人。此前，老爸和三个兄弟姐妹的童年时代是在孤儿院和寄养家庭中度过的，虽然他的父母都还健在。他的母亲不愿承担——也不能胜任——抚育子女的工作，但是他的父亲最终戒了酒，也攒了些钱，总算让全家重新团聚在一个屋檐下。据我所知，从此以后他父亲就变得越来越靠谱了。老妈与老爸的身世截然不同，她出生于波士顿北部一个海边小镇，家境相对富裕。二战期间，她的父母相识于北加利福尼亚的海军基地彭德尔顿军营。后来他们搬到了马萨诸塞州的贝弗利，我外公在那里开了一家保险和房地产公司，生意很不错。他们生了五个子女，老妈排行第四。我父母对比鲜明的童年，以及他们最终谈婚论嫁、生儿育女的结果,足以让艾丽丝·门罗[1]写一篇不错的小说了。

和老妈相识前,老爸已经被派往越南整整三百六十五天。如果你想了解他的遭遇,就看看《全金属外壳》和《第二十二条军规》这两部电影吧,老爸坚持说它们对他的越战经历还原得最准确(包括劳役营的部分,感谢演员兼格洛克手枪推销员李·厄米[2])。我无意假装自己有讲述"越南冲突事件"[3]的资格,但根据老爸最近的健康状况,你也能大致想象当时的情形。

两年前,他感觉身体虚弱,容易疲惫,伤口愈合缓慢,就去了退事部[4]。

---

1 加拿大女作家,作品多描写女性的爱情与家庭生活。——译者注
2 《全金属外壳》主演。——译者注
3 此处讽刺美国一直将越战称为"冲突"(conflict)而非"战争"(war)。——编者注
4 非美国读者请注意,退事部是"退伍军人事务部"的简写,该部门向退伍军人提供免费医疗与其他服务。服务质量取决于你身处何处,在一些地区,它提供的服务相当不错。如果你和我老爸一样居住在波士顿,那你享受的服务可是顶级的。——作者注

由于经济上的因素，在美国任何地区生病都是一件很可怕的事，不过在马萨诸塞州的可怕程度最低，因为当地的部分民选官员居然真的有那么点儿关心公民的健康。如果你不是退伍军人或者未满六十五周岁，哪怕在可爱的老马萨诸塞，你得了病也同样应付不来，最后只能依靠私人医疗保险的金字塔体系（或伪装成它的谋杀骗局）解决问题。但老爸非常走运，他既是退伍军人，又已年满六十五岁，于是退事部和老年保健医疗制度都向他伸出了援手。画重点：如果你非得在美国患白血病，我的建议是再等一等，等年纪大了且服过兵役再说。如果读者觉得以上这些关于医保的鸡毛蒜皮令人摸不着头脑，请放心，它就是被特意设计成这样的。私营医保公司绞尽脑汁降低操作透明度，打击用户积极性，直到他们放弃保险金，直接从自己口袋掏钱或者（像成千上万人一样）放弃必要的治疗。如果你在私人保险公司或者美国政府工作，借用大卫·林奇的一句话："要么补补自己的良心，要么就去死吧。"

正事说得够多了，说点"趣事"吧！老爸被确诊为 MDS（骨髓增生异常综合征），这是一种血癌，会导致骨髓衰竭或发展为急性骨髓性白血病。得知老爸曾被派往越南后，医生们对这个结果并不惊讶。据说美国军队对橙剂的使用致使大量派驻当地的退伍军人罹患 MDS 或白血病，有人至今还在遭受疾病的折磨。橙剂是一种除草剂，美国军队用它来破坏丛林的茂密树冠，这样就更容易锁定并杀死越南士兵和"越共"。陶氏化学和孟山是两家曾大量生产橙剂的公司。对他们在化学领域的其他成就，你可能非常熟悉。

我父亲没有执行过播撒橙剂破坏丛林和作物的任务，但他还是经常接触橙剂。装橙剂的五十五加仑大桶倒空后，他们就把桶回收到最近的基地。有些桶被一切两半，口朝上埋在几英尺深的坑里，士兵们把它们当厕所用。一旦其中屎尿满溢，士兵就往其中泼洒汽油，点火引燃，因此吸入一肚子满含橙剂、屎尿和汽油的烟也是常有的事。橙剂的成分中包含苯和二氧化物，两者都是致命的，中毒后果之一就是患上各种各样的血癌。直到今天，在美军曾驻扎过的部分地区，土壤中二氧化物的含量仍是需要政府"干预"标准的三百五十倍。

比起美国军人，越南民众付出的代价还要悲惨得多。美国军队将两千万加仑（包括橙剂在内）的"彩虹除草剂"喷洒在越南及周边地区，导致上百万人罹患癌症、腭裂、精神残疾和疝气，新生儿长出多余的手指和脚趾。当你听到政府和媒体为下一场战争涂脂抹粉时，请想想越南战争的惨状吧，因为橙剂的使用并非偶然，它能完美融入现代战争的可怖场景，在战争的种种肮脏手段之中毫不突兀。再想想，当某位可怜的二等兵把火柴扔进混合着屎尿和A级致癌物的丑恶大釜，感受一秒钟后呼啦一下扑面而来的热气时，基地的小喇叭却叽里呱啦播放着克里登斯清水复兴合唱团的反战歌曲，是不是挺可笑的？

亨利去世后，利娅和我看过一部名为《开发者》的美剧。剧中，尼克·奥弗曼饰演的福雷斯特在妻儿车祸去世后性情大变。他沉浸工作不能自拔（委婉说法），以救世主自居，为实现目的不惜杀人。我们很喜欢这部剧，也喜欢福雷斯特既悲惨又可怖的模样。虽然我们没有像他一样选择回溯时间或建造一个和现实不同的数字虚拟世界，让亨利"活"在其中，但看到他的所作所为时，我们还是会想："哥们啊，你开心就好！"说得更清楚点儿：对我们来说，看着一个虚拟人物因为悲痛而发疯，感觉就像泡热水澡一样舒爽。

亨利住院期间，恐怖电影成了我们（尤其是利娅）生活中不可或缺的一部分。他刚住院的那段时间，我们去电影院看了《科洛弗道 10 号》，看得很开心。观影过程中，你会一直想，女孩车祸后在地堡中醒来，到底是被变态绑架了呢，还是像变态声称的那样，由于外星人的化学攻击，外面的空气已经不能呼吸了？在电影高潮部分，利娅和我发现两者都是真的，不禁兴高采烈地大笑起来。我们真是乐到发疯！一切都无可救药。毫无救赎的希望，无论是对主角，还是对整个星球。正如电影主角一般，我们也深陷恐惧之中，不知哪一个杀手会夺走亨利的生命：是癌症？是化疗削弱免疫系统带来的感染？抑或是他的气管造口？孩子住院时，不妨观看《科洛弗道10号》来提提神。

作为滋补心灵的杰作，阿里·艾斯特导演的《仲夏夜惊魂》可谓现代恐怖电影中最优秀的一部。利娅和我有幸与好友克拉拉一起在影院欣赏了它。十一年前，克拉拉三岁的女儿莫德因脓毒症逝世。新年的早上，莫德的姐姐发现她躺在小床上，已经停止了呼吸。我从未见过莫德本人，只看过她的照片，如果她是我女儿，我一定会每天把她那胖乎乎的美丽脸颊亲上几百次。亨利去世后，克拉拉和丈夫贾森一直是我们的挚友。他们能真正理解我们的心情。别人理解不了，但他们能。除我们外，这些年来他们还帮助过许多遭受丧子丧女之痛的父母。

我们本来就很喜欢阿里·艾斯特的首作《遗传厄运》，得知他又出新作后，我们立即给同病相怜的克拉拉打电话："演出时间到啦！"观影全程我们都笑个不停，有几次我觉得自己可能都快失去知觉了。坐在我们旁边的观众既不安又对此感到厌烦，但没说什么，毕竟他们是英国佬。圣母啊，那部电影我看得真开心。如果精神状况稳定的你没法理解我的感受，请不要多虑。对大多数人来说，《仲夏夜惊魂》的情节令人心烦意乱，既恐怖又恶心。但对我们来说，北欧庆典伪装之下充满仪式感的凶杀其实是对主角遭逢家庭惨变后内心悲痛的映射，看似不可理喻，其实有理可循。

啊，艺术恰如一剂猛药，拥有自内而外的治愈力量。喂，阿里·艾斯特，你以为自己拍的是恐怖电影？哈哈，没想到吧，傻瓜，你帮妻子和我撑过了丧子之痛，也使我们更加善待彼此、善待活着的孩子们。傻眼了吧！你给予我们的帮助，比《心灵鸡汤》带给任何人的帮助都多。现在你没那么吓人了,是不是,血浆先生?快点给我们再拍一部,不然我就给 A24 电影公司打电话,说我看见过你偷偷抚摸老狗的肚皮。

得知老爸患了癌症,我的心理非常奇怪。当然,谁都不希望自己爱的任何人得病。但由于我两岁的儿子已经因癌症去世,得知父亲也患癌后,我的想法并不"典型"。当时我想:"好吧,该死。你已经七十三了,我也是成年人了,你是我父亲,是我孩子们的祖父……现在你也是时候患上危及甚至可能终结生命的大病了。"我并没有震惊感,也不觉得被剥夺了什么。这里得强调一句,我为老爸感到难过,也为我自己难过,我不想看老爸受罪或者死去,但我没有晴天霹雳的感觉。我没有呕吐,也没有产生"这可怎么撑过去"之类的想法。我时不时会进入一种麻木状态,不过偶尔也会触及一些正常情感,哭上一会儿,表现得像个得知亲爱的老爸凶多吉少的普通人。但我脑子里始终盘旋着一个念头，从未淡去："这是正常的。而发生在亨利身上的事是不正常的。"

父亲患癌一事本身并没有让我感到恐惧或者愤怒，令我愤怒的是它发生在疫情期间，我无法过去陪他。我觉得不该如此，这也是我的愤怒所在。我想去陪他，因为我爱他，不想让他独自承受，也因为我刚刚目睹过他为亨利的付出。

得知老爸患病后，朋友们会注视着我的眼睛轻声问："你爸还好吗？"我想说："老天，他都七十三岁了，得了癌，这再正常不过了！你为什么在乎这个？你忘了我抱过两岁儿子渐渐僵硬的尸体吗？你知道我眼看着他被装进黑色橡胶袋，被陌生人从家里带走吗？为什么这些事你就不问呢？"我当然爱老爸，也希望人们在意他、关心他，但我希望他们能先来一段开场白或者拿出免责声明，声称他们同意并理解孩子死于癌症比父亲死于癌症更残酷、更痛苦，虽然父亲外表尚且年轻健康，但严格说来依然是个老人。之后他们就可以关心他了。

二〇二一年的春天,为了治疗癌症,老爸做了骨髓移植。哪怕新骨髓适配度很高,免疫系统还是会对它发起攻击,因此医生会事先用化疗把人狂轰滥炸一番,将免疫系统彻底关闭。在新骨髓刚开始生效期间,这番折腾搞得他非常难受。骨髓移植后的前一百天是最关键的,必须极力避免接触微生物和任何可能对免疫系统造成威胁的因素。讽刺的是,疫情大大增强了所有人的卫生意识,虽然戴口罩和做清洁没什么乐趣可言,却也成了老爸和身边人根深蒂固的习惯。

所有一切中,最令我震惊的是老妈的反应。我父母三十多年前就离了婚,那时我刚上高中。我没有过问他们离婚的原因和离婚后的所作所为,如果你想了解内情,只能等哪天他们俩决定为此合出一本书或者录一张唱片了。总而言之,离婚后,三十年来两人的关系介于相看两厌和形同陌路之间,这样的状态似乎还会持续到其中一人离世。

有一天我从伦敦打电话向老妈哭诉，说我不能陪在老爸身边帮他，心里难过极了。我说我知道他们俩基本不联系，但我真的需要告诉她，老爸现在这么难，我却不能亲身去照顾他，实在太痛苦了。这通电话令我心情好了很多，自从亨利去世后，我第一次在父母面前又变成了孩子。他离开后，我总有种奇怪的感受，觉得自己比父母还要苍老，或者至少经历了他们不曾经历的事，这一点改变了我。我感觉没有任何人能为我照亮前路、指引方向，哪怕抚养我长大的父母也不能。我感觉无依无靠，没人能给予我真正的、本质上的帮助。这是一种非常哀伤、孤单的感觉，虽然在现实世界中我有人陪伴，心中的孤寂却仍然挥之不去。

当老妈说她会去看望老爸时，这种感觉就烟消云散了。她不止是拜访一次而已；她揽下了许多照顾老爸的工作，我和妹妹惊掉了下巴。老妈用这种方式体现了她的宽容仁善，也令我对世界与人的看法发生了天翻地覆的变化。它本身就是对我影响深远的善行，但同时也是一件珍贵的礼物，代表了我无法拒绝的母爱。它使我感觉自己又成了被呵护的孩子，它告诉我，老妈愿意从熊熊燃烧的火坑上一跃而过，只因为她知道这样做能帮到我。

老爸骨髓移植后的第一百天，医生化验了他的血液，发现他得了白血病。老爸不得不住院化疗，副作用非常严重，我们都以为他死定了。令我大吃一惊的是他居然挺了过来，几个月后开始好转。玛吉和我对此难以置信，惊得站立不稳。我当然希望老爸能好起来，但在托比亚斯与亨利接连逝世后，我产生了一种思维惯性，觉得如果我爱某人，某人又得了重病，那他的病情一定会越来越重，直至油尽灯枯。直到写下本书，为了控制白血病，老爸依然每月在门诊做五天化疗。欲知我老爸病情如何，请于2023年7月[1]，至书店购买《心跳不息2》，谢谢捧场。

---

[1] 本书出版于 2022 年。——编者注

12

临近亨利生日和忌日的时候是最难熬的。这两天通常过得比较平静,因为当它们到来时,我们早已平息过无数情绪,回忆过无数往事。但在它们到来之前,全家人都心情烦躁,动不动就发生口角,也很容易掉眼泪。我发现自己再次陷入不敢置信的状态。我儿子死了?他病了,医生治不好他,他就死了?现在他不在了?他被火化了,我们还给他办了追悼会?我不停对自己重复这几句话,直到自己勉强能接受这个事实。我也对他说话——大声地说——告诉他我想他,我多希望能继续照顾他。

说来也怪，不管何时我想起亨利，脑海里的他总是开着气管造口、行动不便的半瘫痪模样。我几乎没想象过活动自如的他，也没想象过另一个平行时空中恢复健康、长成少年的他。为什么？难道是因为父母的爱不计条件，只爱他本来的模样？

他去世后很长一段时间里，我不愿去看他手术前的照片。亨利左眼是歪斜的，我会刻意这样想。他脖子上插着一根小管子，肚皮上还有一根饲管晃来晃去。

我也想念所有那些为他做过的护理工作。我的手指在操作吸引器时磨出了茧子，现在它们渐渐褪去了，这是最令我难受的一件事。人每天会不自觉地咽下一升以上的唾液，不然唾液就会被吸进肺里，导致肺炎，最终让人一命呜呼。瞧：这就是吸引器的作用，它能替你做出类似吞咽的动作。利娅、我或者护士、护工（后来还有尤金和奥斯卡）把一次性导管（不是插进尿道里的那种）接在吸引器上，机器大小相当于一个小公文包。然后我们启动吸引器，把力度开到最低，小心地捏住距导管末端几厘米的地方，把它插进亨利的气管造口管里，同时用另一只手的手指堵住导管和机器连接处附近的一个小孔。堵住小孔相当于接通了一段通道，机器就会吸出亨利气道里的唾液或者黏液。如果你抽过水烟的话，就会发现两者其实很相似。这事我们一天要重复做许多许多次。如果他生病了或者正在接受化疗，我们一天之内给他做吸引的次数很容易就会过百。

经过吸引器负压的无数次吸吮，我的拇指和食指被磨出了茧子。亨利死后，所有的茧子都开始消退了。我真恨啊。我恨得要死。拜托让我保留手指上那几个小小的硬疙瘩吧，让我能一边摩擦它们一边追忆他。它们让我想起自己曾帮助他呼吸，那是我的特权。我可以抚摸它们，知道它们的存在是因为他。它们诉说着我对他的爱、他对我的需要，以及他真的来过。

在三个孩子的相处中，我最珍视的回忆之一就是亨利回家后哥哥们喂他"吃饭"。"喂饭"中最难的一步就是给喂饲泵设置一个合适的速度，让它在夜间持续运作十二个小时，不间断地将"饭"（米黄色营养液）从瓶子里抽出来输进亨利的身体。六岁的尤金在我们的监督下学会了这项操作，为此他十分骄傲，亨利也很喜欢有他陪在身边。温柔可爱的奥斯卡也学会了！回想着哥哥们给亨利"喂饭"的情景，我禁不住露出自豪的笑容。

第一次给亨利"喂饭"时，奥斯卡问能不能尝一口亨利的食物，我说可以，于是两个孩子互相将瓶子传来传去，闻闻里面的气味。奥斯卡笑着喝了一小口，接着笑容就消失了，他吐在了亨利卧室的地毯上。我们都笑得很开心，包括亨利和奥斯卡本人。奥斯卡的脾胃一向不算强健。记得有一次我去爱尔兰表演独角喜剧，带着家人同行，结果奥斯卡大吐特吐，把出租车后座搞得一团糟。

哥哥们迅速以亨利为中心调整了自己的居家

生活，这场景真是美妙；他们给出了身为兄长的全部关爱。有一次，设置好夜间喂饲的机器后，奥斯卡爬到亨利的床上（一张功能多样、设备齐全的病床）。我给他们读睡前故事，奥斯卡比亨利先入睡。看到哥哥睡在身边，亨利高兴得满脸发光。这可能是他最大的享受。

我为经历过亨利之死的每一位家人感到深深的悲伤。有一点令我很为奥斯卡担心，他曾是我们家的小宝贝，亨利出生后，他就当了哥哥。然后亨利不在了，奥斯卡又成了小宝贝。后来有了泰迪，奥斯卡从此离开了小宝贝的位置。在内心某处，他会不会因此而困惑？此外，亨利和奥斯卡的年纪是最接近的，他是奥斯卡最亲的小伙伴，两人经常搂搂抱抱，他死了，奥斯卡会是什么感受？除了近五十年的大脑使用经验，我没有接受过任何心理学训练，但我会经常琢磨这些问题。也许你可以把它们统统归类到"极度悲伤"的文件夹里，但在安静独处时，我会细细梳理这些问题，试图想出个名堂，相信许多人也会做同样的事，虽说我们几乎不可能得到明确的答案。

至于我们的长子、副手兼可靠的顾问尤金，他的心理和奥斯卡截然不同，却也同样充满悲伤、难以捉摸。尤金在情感方面很有智慧，几乎到了不可思议的地步。在利娅和我都在家而不在医院的少得可怜的时间里，尤金会睡在我们床上，让我们分别躺在他的两侧，尽可能紧地将他挤在中间。如此养精蓄锐过后，他就能察觉我们俩的需求，会给我们做点心或者打扫卫生，以此来照顾我们。像发条装置一样，在扮演过我们所需要的成人／护士／父母／女仆（通常会扮演很长时间）并给予我们切实的帮助后，他会情绪失控，痛哭尖叫，就像个普通的小孩一样，这令我们松了口气。最近在小学的纪念册中，他在自己的"特殊才能"一栏中填了"我什么都能修补好"。可爱的孩子，我真不愿让你早早体验这些。

尤金什么都懂，不管是当时还是现在，但这并不意味着他不会生气。一天晚上，当我们正要离开医院回家睡觉时，他对我进行了肉体攻击。当时他正需要揍我一顿来发泄，于是我任由他打，他打完后，我让他坐在我的腿上，搂住他。最近，十一岁的他常常坦言对利娅和我的愤怒以及他自己心中的内疚，因为亨利刚去世几个小时，他和奥斯卡就去上学了。我告诉他，亨利在凌晨去世后，他们陪伴他的遗体待了很长时间，后来回房间穿好衣服去上学，是因为他们俩当时还那么小、那么乖，在他们心里周五早晨八点上学是天经地义的事。他们已经尽可能长久地陪伴了死去的弟弟，接着又被根深蒂固的习惯拖着走。于是我陪他们走到学校，走向老师们。看到我们的神情，老师们就明白亨利最终还是去世了。

我告诉尤金，如果当时他已经是现在的年纪，那他肯定不会去上学。但当时他只有六岁，惯性将他拖向学校和爱他的朋友们，我觉得那是一种很健康的心理状态。

亨利于二○一七年六月回家,九月又做了一次核磁共振,查看肿瘤是否复发。两个大孩子那天不上课,于是去大奥蒙德街医院拿报告时,我们带上了尤金和奥斯卡,以及亨利的护理员安吉拉。记得走进房间时,我还在想今天人比平时要多。亨利的主治肿瘤专家米切尔医生没有立即向我们解释结果,而是询问亨利最近过得怎样。我们说他过得好极了,理疗效果特别好,他能用助行器很顺畅地四处巡游,爬楼梯也很快,我们觉得他不久后肯定就会走路了。他的默启通手语词汇量增长迅速,而且他在家真的非常非常快乐。

"啊呀,"米切尔医生说,"嗯,我想问问他的情况,很遗憾,核磁共振结果显示肿瘤已经复发了。"

亨利在地板上玩耍,模样那么美,那么懵懂天真。我的胃里仿佛坠满了石头。他们说有几个选择,比如再次手术或者放疗,可以等我们平复心情后再详谈。关于那次会面我就只记得这些。我们拖着沉重的脚步走出房间，来到安吉拉和大孩子们等待的地方。只是一个眼神交汇，安吉拉就明白了。我们都哭了。我们强撑着来到医院附近的一家小餐馆，在露天餐桌旁喂孩子们吃了饭。

利娅比我先明白这一点：不能继续治疗了。她聪明又坚强，为此我无比感激。我短暂考虑过再做一次手术，然后去曼彻斯特做放疗，甚至去佛罗里达或俄克拉何马接受另一种"更好的"放疗。但亨利无法承受长途飞行，而且六周的放疗需要至少三十次全身麻醉，这会要他的命，因为他的中枢性呼吸暂停症状已经越发严重。儿童脑瘤的另一个可怕之处就是你我或许能在不见天日的核磁共振舱中服从"别乱动"的指令，但两岁的孩子做不到。在为时六周的放疗过程中，他必须接受每周五天的麻醉，再加上其他因素，必然会造成一定程度的脑损伤。我们可以"只"做手术，但肿瘤几乎必定会复发，因为它恶性程度很高，而且这种类型的癌症尤其钟爱猎杀小男孩。因此一切已成定局。利娅比我提前数小时或一天想通了这一点,无论是情感上还是理智上。

我们决定停止对亨利的治疗。医生告诉我们,他还有三个月到半年可活。

不久后的一个晚上,我把亨利癌症复发、不久于人世的消息告诉了他的夜间护理员蕾切尔。她尖叫道:"哦不!哦,亨利!哦,耶稣基督啊,不!"听到消息后她连连后退,仿佛我打了她。"不,不,不。"她一直在说。

"是的,是的。"我想。她的反应对我来说就像沙漠中的甘霖。蕾切尔来自尼日利亚,是一位母亲,也是虔诚的基督徒。可能其中一个或几个因素造成了她如此激烈的反应,我不清楚,但她比许多英美人士反应强得多。当你的孩子正走向死亡时,很多人会害怕和你相处。我在许多场合向人表达过同情,但这样的场合我说不出话来,可能是因为我的同情根本于事无补。生活,以及死亡,很快就会破门而入；我不知道指责父母的懦弱能有什么用处。所以，蕾切尔，感谢你在听说亨利快要死去时发出悲痛的喘息。这些年来，我常常觉得那是我得到的最好的回应。这帮助了我，蕾切尔。

是的，放声哭喊，让全世界都听到吧。我漂亮的宝宝就要死了。

13

我们告诉六岁的尤金和四岁的奥斯卡,亨利的肿瘤复发了,已经没有办法了。他们问我们,亨利是不是快要死了,我们说是的。当时我们在自家的后院,三个孩子正在一起玩耍。这三个孩子,我曾感叹过他们的健康与活力,并为此深深感激,那是亨利生病前的事了。

我们也将这个消息告诉了其他人。有些人我们不得不说,比如孩子们的老师;有些人是我们想要倾诉的,比如我们的朋友;还有些是陌生人,可能心怀善意也可能不是,我们告诉他们,是因为他们问我们为什么呆望着远处,脸上还带着明显的痛苦神情。

人们的反应各不相同,如水一般灌注在我们心中。

艺术家、作家妮可拉·斯特雷腾创作过一部很棒的图像小说,名叫《比利,我和你》。她两岁的儿子比利被诊断出心脏问题,仅仅过了几天,比利就在心脏手术后不幸去世。诡异的是,在亨利发病前的几个月,我在国王十字车站旁美丽的绘本馆里买了这本书,送给了利娅。我们俩都读了这本书,非常喜欢它。告知人们比利去世的消息后,斯特雷滕给他们的反应打了分,这个情节令我们触动很深。蕾切尔的反应显然该打十分。令我耿耿于怀的是某个只值一分的反应,有个家伙告诉我他爷爷也得了脑瘤,但是活下来了。你开什么玩笑?你爷爷都九十岁了,就算他被三辆公交撞飞再掉进绞肉机里我都不在乎!爷爷辈的人本就该患癌死去!那是他们的本分!身上没挂着一堆肿瘤的人配当什么爷爷？我可不愿意和这样的爷爷打交道。祖父母的死亡就像一种练习，比宠物的死亡更进一步，让你在面对真正痛苦的死亡时多少能有些准备。然而这家伙的爷爷连按时死去的体面都没有！这爷孙俩真是一对讨厌鬼。

当我们在不同的场合下分别将噩耗告诉一位医生和一位护士时，奇事发生了。得知亨利肿瘤复发时，他们神情平静，并安慰了我们。但当我们说不打算再做手术或放疗时，他们却哭了起来。两人都说他们哭是因为高兴，因为我们不会再让亨利徒受治疗带来的折磨了。他们明显感到欣慰，这份欣慰是全身心的、发自肺腑的。他们说希望更多的家长能像我们这样做。对这两位见证人，我心中无比感激。他们帮我们明确了一件事：虽然心中充满痛楚，但基于对亨利的爱，我们做出了正确的决定。

然而，并不是每个人都支持这个决定。亨利的一位护理员米拉明确表示她不同意我们放弃治疗亨利。她变得沉默寡言，明显对我们心怀不满。我详细地向她解释，告诉她唯一可行的治疗方案会要了亨利的命，但她就是无法理解。这令我们很痛心，因为米拉很爱亨利，对两个的大孩子也特别好——他们也都爱她。但她认为我们错了。米拉与亨利有个共同之处，她的脖子上也带着多年前气管造口术留下的伤疤。当时她在事故后陷入休克，需要使用一段时间的呼吸机，必须做一个临时的气管造口。因此，她与亨利间有着大部分人无法体会的共识。令我们难过的是，米拉后来疏远了我们，不再回复信息，也没有参加亨利的追悼会。从此我们就与她断了音讯。

米拉的疏远是伴随亨利死亡而来的许多伤心事之一，它们就像一头鲸，在你的脏腑之间日夜穿梭，身上还长着坚硬锐利的藤壶。也像一位疯王，长袍挟裹着荨麻、碎石、贝壳、零散的餐具、粪便和米拉这些人的误解，他在屋里走来走去，将这些东西洒落在你的床上、墙上、天花板上。你真的无法想象这些恐怖之物糅杂在一起的情景，它们在将死之人与死亡本身周围越积越多，几乎要阻塞你的呼吸。它们污染了多少事物啊。而且米拉是个好人！我们都爱过她！至今还爱她！她只是无法面对如此艰难的处境，于是拉开降落伞离开了。但我们无法离开。

哪怕现在，每当书写这些回忆时，我都想扇那些刁难利娅和孩子们的人一记耳光。我真想把他们扔进日复一日无穷无尽的糟心事里，体验一把亨利被装进尸袋带走的"高潮剧情"，看看他们能不能撑下来。利娅和孩子们应该不会有我这样的想法，他们心地善良、富有责任感，只希望世界能像对待普通人那样对待他们。说到底，这也是我的希望，但对我的家人说三道四之前，你最好能认真了解他们的遭遇并且通过考验，不然我可不会克制暴起伤人的冲动。

从古至今，对于痛失至亲，我最欣赏的一句回应来自亨利·克莱瓦尔，他是玛丽·雪莱的杰作《弗兰肯斯坦》中的人物。听说挚友维克多·弗兰肯斯坦的弟弟威廉被害时,他是这样说的:"我无法给你任何安慰,我的朋友。如此惨痛的打击是无法弥补的。现在你有什么打算呢?"

太完美了。无法安慰。惨痛的打击无法弥补。自从我们的亨利死后,我已经把《弗兰肯斯坦》读了两遍。它是我悲痛中的伙伴。玛丽·雪莱也是一位遭遇丧子之痛的母亲,这一点读过《弗兰肯斯坦》的人想必都不会惊讶。

我们只是不想再折磨他了。打开孩子的后脑、剐蹭脑干的后果我们已经亲眼见过。况且如果不做放疗,肿瘤无疑还会再长出来将他杀死,我们怎么能再对他动手术?怎么能逼迫他承受三十多轮全身麻醉的痛苦?他连四轮都撑不过去。把他带到医院楼顶直接扔下去还更人道些。爱他,意味着我们不得不坐视肿瘤扩散,最终夺走他的生命。

看着他那么快乐,身心都充盈着从未有过的蓬勃生机,心里却知道他已经命不久长,我心中一片混乱。我感觉自己已经彻底失去了理智。

我们常去公园。我签约参与《大祸临头》第四季即最终季的制作，所以知道在未来某个时间会再有收入。亨利常和哥哥及小伙伴们一起玩耍。我们和朋友、家人以及护理员们一起哭泣。每天都要伴着手指操唱上几遍《小小蜘蛛》。每周去一次动物园。我们请了个操办动物生日会的伙计，他带来了狼蛛、乌龟和古古怪怪的小型哺乳动物，亨利乐翻了天。我们按需给亨利吸痰，每天更换气管造口敷料。调整好夜间喂饲的速度。全家一起淋浴，五个人常常挤在狭小的淋浴间里玩耍、泼水、放声大笑。亨利因喜悦而容光焕发，我们也一样。

利娅和我曾经想要第四个孩子，但在亨利生病期间分散精力是不明智的。发现亨利癌症复发后利娅就停服避孕药，很快便怀上了。我们将这个消息最先告诉了亨利，他知道自己就要当哥哥了。他本会是个多好的哥哥啊，他一直喜欢照料小东西。我们没有告诉其他人，这是我们和亨利之间的秘密。

孕育着新生命的同时却即将和另一个孩子分离，这会是一种怎样的感受？我问过利娅这个问题并倾听了她的回答，但我还是觉得文字无法透彻地形容。

亨利去世数月后，泰迪出生了，他可爱又美好，立即捕获了我的心。他胖乎乎的，十分逗人，而且还经常笑！天啊，他真的特别喜欢笑。什么事这么有趣呀？

我疯狂地爱着他，想起他和亨利是在同一个子宫长大的，我真是开心极了。一天夜里，我梦见亨利在我妻子的子宫里给弟弟留了一张字条。字条镶在一个小画框里，还配了一颗小钉子，亨利将它钉在妈妈的子宫壁上。我读不到它——它不是写给我的——但我知道我们的新宝宝能读到。我醒了过来，满心欢喜。

最近利娅去参加为期一周的露营，而九岁的奥斯卡要去修学旅行，于是家里只剩下我、尤金和泰迪。如今他们一个十一岁、一个四岁。我们过得特别开心，因为以不同的模式和家庭成员相处时，你往往也会发现他们不同的表现。此外，我们三个都觉得午饭吃花生酱果酱三明治就够丰盛了。

利娅和奥斯卡回来时，我自然很高兴见到他们。但两人回家后不久，我又开始掉眼泪了。我明白自己哭泣的原因：妻儿外出旅行后再次归来，但离家的另一个儿子却回不来了。既然利娅和奥斯卡能回来和我们团聚，为什么亨利不能呢？

我觉得每个人都拥有彩虹般的情感光谱。我不清楚哪种颜色具体对应哪种情感：也许蓝色对应悲伤，红色对应热情，诸如此类，这无关紧要。亨利去世后，我的情感彩虹依旧保留着所有的色彩。随便哪种情感，我都仍能感受到，经常能感受到。利娅、孩子们和我每日都在欢笑。只是如今，我的彩虹里多了一道黑色，从前不曾有的颜色。抑或它本就存在，只是亨利离开前我无法看见它。

如今它是我的一部分了，它也应该是我的一部分。那些欢乐的时光、重要的纪念日，全都沾染上了哀伤的色彩。节日是一团糟。圣诞节的乐趣在我十四岁父母离婚时已经黯淡了不少，亨利的死亡彻底摧毁了它。这个节完全可以不过，我真的一点都不在乎。我可以为孩子们熬过圣诞节，但恐怕某一天他们回顾童年时代，会发现自己的老爸其实和《圣诞颂歌》里那个讨厌圣诞节的史克鲁吉差不了多少。

我喜欢圣诞节的种种美好：动听的音乐，亲友团聚，好吃的火腿。但将它们揉在一起再拉扯出整整一个"圣诞季"，那我就恕不奉陪了。我不喜欢别人告诉我应该什么时候开心！我喜欢按照自己的节奏来。如果广告上写着："欢欢喜喜来相聚！"我就会想："哼，我们可不欢喜，你这蠢蛋。"我知道家庭构成会随着出生、结婚与离婚而改变，但改变我们家庭构成的却是我小男孩的死亡（其实他很喜欢过圣诞节）。

同时，我也开始对成人生日宴深恶痛绝。当然，你可以对我的话持保留态度，因为亨利正是在我生日当天去世的。关于这一点，请键盘心理学家们尽情分析我的心理，我绝不反抗。但我认为自己抵触成人生日宴的真正原因是我的小男孩只经历过两次庆生。如果你已经过了整整四十次生日，我觉得你可以消停一下了。我这人的脾气实在太坏了。如果上班时听见有人说悄悄话："嗨，克里斯今天过生日，咱们四点钟去吃蛋糕和冰激凌吧！"那三点五十七分时我就会去拉屎。去他的克里斯；他比我年纪还大，而且我讨厌他傻了吧唧的衬衫。

亨利去世后五个月，老爸来看望我们，要在伦敦度过七十岁的生日。我说我们不会给他庆生。那可是我老爸的七十大寿！而且他曾经那么疼爱亨利，无微不至地照顾过他。对此他反应平静，他知道那时我精神失常，随着时间流逝，我可能会重拾部分理智，待人接物也会更得体些。但此刻我意识到自己欠老爸一个道歉。不知当他读到这段文字时，我有没有鼓起勇气向他说对不起？

14

我们一起过了最后一个圣诞节。我老妈和继父,还有妹妹玛吉和她女儿玛丽都来伦敦和我们相聚。伦敦和马萨诸塞州不同,圣诞期间不一定会下雪,于是老妈带了一些布做的沉甸甸的假雪球,这东西好玩得出人意料。我们在当地公园打了一场"雪仗",热闹极了。但在其他时间,我们都浑浑噩噩,梦游一般度过每天。这是玛吉和玛丽第二次度过没有托比亚斯的圣诞节,也是我们和亨利共度的最后一个圣诞节。一切都那么不真实,尤其是亨利的状态好得令人吃惊。一大家子一起在伦敦过节,他真是高兴极了。对我们其他人而言,就像被困在荷马从《奥德赛》中剔除的某个诡异岛屿,乍看万物正常,但奥德修斯触摸到的一切都沾着腐臭的油脂,于是你便意识到即将大祸临头。

那年十二月,亨利的手语启蒙导师苏珊娜和特蕾西来我家做客。我们一直保持着联系,我已告知她们亨利将不久于人世。我们伴着手语唱了一会儿歌,窗外开始飘雪。四人转到后院,让大片大片的雪花落在身上。亨利和妈咪、爹地以及他最爱的"手指歌唱家"在一起,非常开心。利娅和我也很高兴。但同时我们也非常、非常悲伤,因为我们知道这就是亨利的最后一个冬天。

就这样,二〇一八年到来了。回首往事,我清楚地记得一月九日那天早晨,亨利似乎无法完全清醒过来。他反应迟钝,头歪向一个角度,显然十分痛苦。我们给大奥蒙德街医院的姑息治疗小组打了电话，他们来到了我们家。医生确认他的迟钝和不适可能意味着肿瘤已经长大，孩子头颅里塞着那么大的一个异物，就会导致种种问题。她开了吗啡和加巴喷丁来止痛。吗啡是鲜红色的粉末，我将其溶解在水中，吸进注射器里，然后从饲管给药。我很高兴它是鲜红色的。注入将死的孩子体内的止痛药就应该是鲜红色的，像是旗帜、火光或者冲向灾难现场的消防车。吗啡和加巴喷丁起效了，亨利放松了下来，我们可以搂着他。每过一天，他就变得更迟钝一些，仿佛刻度盘上的数值在慢慢降到最低。

他对一个乐高冰激凌蛋卷筒十分依恋，整天都抓着不放。

医生说我们可以定时给他喂药，不必等到他开始疼了再喂，所以他基本没受什么罪。每日每夜，我将鲜红的粉末溶入水中喂给他。我躺在他身边，利娅抱着他，和他跳舞。哥哥们给他读故事，陪他玩耍。我老妈回到了伦敦，利娅的妈妈也来了，两位老妈都叫南希。她们住在我们家附近的爱彼迎民宿里。

亨利睁眼的次数越来越少，却还抓着他的小冰激凌蛋卷筒。他快要死了。姑息治疗小组大约隔一天来一次。我们定时监测血氧，数值基本维持在正常水平。但在他病情恶化的第九天，他的血氧值突然低得吓人，只有百分之六十几（正常应该在百分之九十五到百分之一百之间）。我们给他吸氧，但是血氧值上不去。我们给姑息治疗小组打电话，把情况告诉接待员，她说："不可能。"

这是亨利去世前后发生的几桩荒唐事之一，后来利娅和我谈论过许多次。就这么一句脱口而出的套话："不可能。"我们并没有生气，毕竟电话另一头的人没和我们打过交道。我们开玩笑说，或许她说的是"不赶快把数值搞上去的话，人不可能活下来"，但因为信号不好，我们只听到"不可能"。或许她以为"不可能"和"真可怕"是同义词。

姑息治疗小组的医生来了，确认亨利很快就会死去。他已经陷入昏迷，我坚持给他服用红色粉末。两位老妈带着孩子们去附近的广场吃饭、看冬季灯光秀，好让我们陪伴亨利。送他们出门时我心如刀绞，不知道他们回来时亨利是否还活着。那晚我们辞退了夜间护理员。在租房时附带的灰色沙发上，利娅和我分别躺在亨利两侧。后来我们最后一次把亨利抱到后院，好让他再在星空下待一会儿，再呼吸几口夜晚的空气。利娅给他洗澡时，我坐在他身旁的地砖上。他那么漂亮，那么光洁，那么完美。他的头发很长，化疗结束他重新长出头发后，我们就再也没剪过。我很想任它一直长到垂地的长度，再在他头顶盘一个美丽的蜂窝发型。

孩子们和两个南希祖母回来时，亨利还活着。祖母们送他们上床，与我们和亨利吻别，然后回她们的民宿房间。屋里只剩下我们五个。六个，因为利娅还怀着孕。六个彼此深爱、彼此需要的亲人。

次日凌晨五点左右，亨利睁开双眼，和利娅四目相对。

然后，他停止了呼吸。

出于对我的极度体贴,老妈们去市政厅给亨利办了死亡登记。对此我十分感激,因为我不知道自己是否有勇气到两年多前登记他出生的地方去登记他的死亡。

老妈和一位邻居试图给杰姬喂食,它是孩子们养的鬃狮蜥。鬃狮蜥喜欢吃活体蚂蚱。老妈她们有点害怕,结果把所有蚂蚱都打翻在地,搞得大孩子们的房间里到处都是。两人一边试图清理,一边放声尖叫。我不知道她们最终有没有清理干净。蚂蚱和蟋蟀不一样,它们不会叫,所以可能还有一些漏网分子躲在犄角旮旯里生儿育女。亨利生前很爱鬃狮蜥杰姬,它如今仍陪伴在我们身边,算来已近五年。六个月后,利娅生泰迪时还曾让杰姬在她肩膀上趴了几小时。杰姬安抚了她。

我无比欣慰亨利是在家里走的。我无比欣慰他是在深爱自己的美丽母亲怀里离世的。我感到无限欣慰我们都守在死去的他身边，亲他、抱他、抚摸他美丽的沙金色长发。我感到无限欣慰不久之后尤金和奥斯卡上楼来搂抱他、亲吻他，毫无畏惧，因为在最后那两年里他们一直贴身照料弟弟，先是在医院，然后在家。我对护理员们怀着无尽的感激，她们白天给我们帮忙，晚上看护亨利睡觉，让利娅和我在日间多少能保持清醒与体力担负起家长的责任，照顾三个漂亮的孩子。在家的每一天，亨利都体验到了幸福、好奇、爱，以及兄弟间的斗嘴，最后那段时间尤其如此。他的死亡是善终。

我们让亨利的遗体在家停留了大半天。如果你有幸能让你爱的人在家里离世，就尽量让他们多留一会儿吧。那十几个小时非常珍贵。爱他的人们会来看望。一位医生上门来确认并记录他的死亡。

天啊，他去世后的样子真美，穿着他的小睡衣。我们一直敞着窗户，好为他维持低温。隔壁的建筑工人动静很大，我告诉他们我儿子去世了，正躺在床上,我们必须敞开窗户,请他们停工一天。他们照办了。

亨利死去的第二天,我冲自己的脸打了一拳。我不知道为什么,但下手很重,鼻子都流血了。当时一位临终关怀工作者正在我家帮忙,她扭头对我忧心忡忡的母亲说:"哦,没事,这很正常。不用担心。"

亨利离世前后那一刻的任何其他事情,我不会再告诉你更多了。我可以谈论它们,却不想将它们束缚于笔墨之间。也许你已经历过类似的时刻,也许未来有一天你也会经历。

15

参加亨利的葬礼时,利娅肚里还怀着泰迪。"坚韧"是个我不太常用的词,但它完全适合形容利娅。我实在太爱她了。我需要她,我依靠她。没有她我撑不下去,也不想撑。

在给亨利办后事的那几天,我们难得一见的笑容主要是因为那位和善又能干的葬礼负责人巴里·怀特(Barry white)。[1]

---

[1] 葬礼负责人的名字与美国著名灵魂乐歌手巴里·怀特(Barry white)同名。在原本悲伤的场合,这一巧合为这一家人带来了一丝苦涩的慰藉。——编者注

最近，时间流逝对我而言肉眼可见地变快了。今年我四十五岁，从统计学上来讲，我的人生已经过半。我的死亡可能比我的出生更近了。也许近得多！谁知道？反正我不知道。我的健康状况还相当不错，但身体已经开始缓缓发生变化。不能再冲刺跑，硬跑的话容易腿疼。视力变得越来越糟，而且每次被孩子们硬拉上蹦床时都得"悠着点儿"，免得受伤。我做了输精管切除术，这意味着我不大可能再制造新宝宝了。我的人生还没走到夕阳西下的时候，但肯定已经过了午餐时间。

可能就是因为如此，我越来越离不开日间小睡。天知道亨利死后我多么需要睡眠，悲痛带来的疲惫感沉重得令人难以置信。亨利刚去世的那几个月里，无论何时去睡觉，我都会先认真考虑自己之后无法醒来的可能性。我无法想象屈服于睡眠之后，体内竟然还能保存一点生命的微火。我内心感觉不到任何活力、任何渴望、任何生理需求，对下一场睡眠结束后的未来也没有任何好奇。不知我的心脏能否就此停跳？会不会就像亨利一样，当他漂亮脑瓜里的肿瘤长得过大，对大脑压迫过多，就能将大脑关闭？当睡眠时间满足了维持生命的昼夜节律所需的指标后，是哪一根丝线将我拉回清醒的世界？总有什么东西能让我重新醒来，但该死，我真不知道那是什么。

大儿子尤金出生时，我心里满是敬畏与喜悦，同时却也产生了这样的念头："哎呀，我活到头了。"在我的认知中，自己已经完成了与生俱来的伟大生物学使命。再活上一阵子也不错，但没必要非得留下来。看着他脱离利娅的身体，注视他第一次呼吸，那感觉既美妙又震撼，但目睹新生命的诞生也让我彻骨地明白：我的生命有一天会确定无疑地走向终结。当然，理论上人人都知道，但总得有一些时刻才能让我们从内心深处真正地理解它。

亨利去世带来的痛苦自然令这份领悟又加深了千百倍。不仅我会死，我的孩子们也会死，而且死亡的先后次序并不能由我决定。过去，我曾试着在点滴之处学习谦卑,但孩子的死亡带来的谦卑是如此残酷,我很难用文字表达。我想象上帝或是他的哪位使者用自行车链条或者球棒痛打我,每打一下,鲜血都会溅在墙壁和天花板上。坐下,你这该死的东西。你自以为了解世界的规则?你自以为懂得挺多?你怎么敢?你怎么敢以为自己能把那些带给你抚慰、安全、理解的事物牢牢抓在手心?真是无知者无畏。现在知道自己能指望什么了吧?永恒的虚无。那就是我许给你的唯一的指望。

为什么我非得上这一课不可?有些蠢蛋会说"万事皆有因果"。我同意在最基本的"物理"概念里,"某事发生"确实是由之前发生的某事导致的,但我当然不信上帝早有计划或者诸如此类的废话。格雷厄姆·格林的《恋情的终结》让我学到很多,尤其是最后一页里,莫里斯·班迪瑞克斯在情人萨拉死后悲痛欲绝,说了这么一句:"我恨你,天主。我恨你,就好像你真的存在一样。"我与神明之间的联系仅限于此。

失去蓝眼睛的儿子亨利后,我常被一种冲动驱使着去相信上帝的存在。这样当我活过长长久久的一生,就能与上帝见面——然后揍得他满地找牙。我想活得像蟑螂一般顽强。我想在所有恐惧、苦难和伤痛的打击下幸存,哪怕过程毫无乐趣也无所谓。我只想撑过一切本不该降临在我头上的风霜雨雪,然后手脚并用匍匐爬过终点线,对上帝说声"滚你的"。这样的念头常让我露出由衷的笑容,现在依然如此。这是许多丧子父母共享的阴暗想法,我们在苦笑中交换这些安慰剂。

但我的确认为偶尔想想死亡,想想自己难逃一死的宿命,还是有些好处的。通向死亡的下坡路很有可能充满疼痛、恐惧和变故,而且这很可能或者肯定是一条你无法提前规划的道路,因此我真心觉得明智的做法就是试着适应它,甚或乐观地接受它。说白了,我纯粹在探讨面对自己的死亡时该抱持一个怎样的态度;我觉得当你所爱的人即将或刚刚去世时,(字面意思上)扯掉自己的头发或者往窗外砸砖头之类发泄悲痛的行为都是可以理解的。毕竟,你爱他们,思念他们。可你自己呢?

当你死了,苦恼就一扫而空了。

我有几个不畏惧自身死亡的理由。其中最重要的那个,我将以"出生"为例来进行阐释。每当有人告诉我,他们为自己即将初为父母而焦虑不已时,我都会对他们说:"哦,天哪,真是太棒了。我真为你高兴。听着,焦虑是正常的,你可以这样想:所有那些糟心事,其实你早已有所准备。你已经体会过疲惫和痛苦的滋味。你已经为钱的问题操够了心。你也已经出过丑、犯过傻。这些困难你都能应对自如!你已经是个老手了。倒是那些好事儿会打你个措手不及。为人父母的感觉有多棒,你根本没法提前准备。没有练习,没有热身,巨大的喜悦会直接轰爆你的脑袋。以前那些开心事儿能跟这个比?哈哈。生命的奥秘?别搞笑了。奇迹?去他的!你即将目睹的,是一种全新的神奇事物,你对它根本没有概念！一点都没有！就这样。准备好了吗？准备好了？不！不，你没法准备！还有，等你终于乐意放手让别人抱你漂亮的小金豆时，就请让我来当保姆吧！第一次免费，第二次十五英镑一小时。"

这番演说对准爸爸们尤其有益，毕竟他们通常比准妈妈还要焦虑。这也难怪，他们既没有来过十年以上的例假，也没有怀孕四十周的经历。再说，社会直到2013年才立法允许男性公开谈论内心感受[1]。

因此，尽管我觉得把"万事皆有因果"挂在嘴边的人都该滚到冰窟窿里待着，但我也非常乐意将我对出生的思考延伸到死亡，那是人人必将面对的另一件大事。我们不知道死后会发生什么，也没必要知道。享受旅程就好，宝贝！如果死亡不够酷（字面意思上的酷），世人又怎会前扑后继？死亡是座桥。正如新生儿带着世间独有的秘密降临，只有

---

1 此处为反讽修辞，并无真实立法事件。——编者注

当你准备就绪（并已死亡）时，才会知道桥的那一头有什么。

不过我还是为亨利的哥哥们担心，担心他的死亡会给他们造成无法痊愈的伤害。我联系了朋友托德，他童年时代也经历过可怕的悲剧。他很小的时候，父亲去漫水的地下室收拾东西，不幸触电身亡。过了一段时间，他母亲再婚了，他也渐渐和继父有了感情，开始叫对方"爸爸"，第二位父亲却又死于癌症。这些惨事全部发生在托德六岁以前。托德是我认识的最善良、最体贴的人之一，他有两个美丽的女儿，是个宠爱孩子的老父亲。但他也是人，也像所有人一样有这样那样的问题，不过和人们想象的不同，童年的遭遇完全没给他留下任何阴影。我问他能否给我些建议，告诉我在亨利死后该怎样教养尤金和奥斯卡。他说在继父去世后，他和母亲就组成搭档，彼此照料、彼此关爱、彼此珍惜，长年累月下来便有了效果。他还建议利娅和我不必力求完美,只要遵循内心,在孩子们需要拥抱和陪伴时满足他们的需求。

另一位朋友帕特九岁时失去了弟弟肖恩。肖恩天生就有心脏缺陷,在住院一年后去世。帕特告诉我,当时他的父母完全崩溃了。他说利娅和我操心大孩子们的心理状态,光是这一点已经胜过很多人了。无论是作为朋友还是作为一个人,帕特都好得没话说,亨利刚做完第一次手术他就飞过来与亨利见面,并在几天时间里和孩子混得很熟,这份情谊我十分珍视。

帕特精心照料亨利,正如他当年精心照料我。二〇〇二年,我醉得不省人事,开车撞上了洛杉矶水电局的大楼。帕特陪我出庭,开车送我去做手术,而且当我辗转于康复中心和过渡之家[1]期间,他独力将我公寓里的东西全部搬走存入仓库,这一壮

---

[1] 过渡之家是介于康复中心与回归社会之间的过渡性住所,为戒瘾者提供适应期支持。——编者注

举足以让他在我的"终身友谊殿堂"里赢得一席之地。我一点忙都帮不上,因为我的两条胳膊都在事故中骨折了。你可以说帕特在我身上的付出终归得到了良好的回报,因为我在事故之后便立即戒了酒,而且坚持了整整二十年——但他难道不曾担心自己是在为一个死不悔改的烂人浪费时间?帕特啊,你这人怎么这么好?很高兴能在这几页纸上倾吐我对你持续终生的感激。

托德与帕特传递的信息很简单:只要关爱孩子、陪伴孩子就好。感谢老天,我们一直都在给予他们足够的关爱与陪伴。在亨利病痛缠身的日子里,我最庆幸的就是利娅和我一开始就明白不能只把目光放在亨利一人身上。我们必须继续疼爱、照顾尤金与奥斯卡,更要主动关爱彼此,维系住我们的婚姻。

16

有时在医院里,看着其他重病患儿的家长,我会暗想:"唉,这该多煎熬啊。他们待在儿童肿瘤病房里,因为孩子病得很重,甚至可能死去?他们的宝贝,天啊……"

他们看起来疲惫又悲伤,如同游魂。我想做些什么帮帮他们。

接着我便猛地想起自己为什么在医院。我总要强迫自己记起,至今仍要如此反复:

我们的小男孩生病了。

我们四处求医,想找出病因。

我们找到了病因。

非常非常严重。

病情恶化了。

然后他离开了。

现在他死了。

我依然需要提醒自己:

我再也见不到亨利了。他不会在某个具象化的天堂里等待我,对此我很欣慰。在我的想象中,那样的天堂住个两三百年就会很乏味,对他对我都是。对你也一样。我更愿意将自己想象成一杯水,当我死去的时候,杯中之物会被倾入一片辽阔的汪洋,就是当初亨利被倾入的地方。我们俩将永远融为一体,不分彼此。终有一天,你也会加入我们的。

蜘蛛和我望着天

在一个无声的世界

我们织网捉一只小蝇

献给无声的世界

清晨我们好梦正酣

梦乡里有只小船

远航到千里之外

　　　　　——布莱恩·伊诺《蜘蛛和我》

致谢

在亨利生前与身后，有太多人向我们一家传递了无尽的善意，他们对亨利和我们全家的幸福，产生了巨大而持久的影响。许多人的名字并未出现在书中，而且帮助过我们的人实在太多了，无法在此一一列举。那些经常来看望我们的朋友，有些甚至是严格按照时间表定点上门的。有些朋友为亨利读过故事，经常陪他玩耍。我们在医院和家之间奔波的那段日子，有些朋友为我们做过无数顿饭。很抱歉书中未能提及他们所有人的名字，但希望面对面的感谢、拥抱与亲吻已经传达了我的感激之情。如果你被书中那些爱与善意的举动所触动，请知晓那不过是无数善举的冰山一角。

我要特别感谢我的妻子利娅，不仅因为你在本书中了解到的她那些令人惊叹的品质，也因为她阅读了本书的所有草稿，并极大提高了终稿的质量。利娅在人生中承担了许多角色，敏锐而有见地的读者就是其中之一。

我的终身挚友乔恩·桑特也助我精炼了叙事边界，给了我信心，让我敢于删去某些段落，它们可以出现在任一本书中，却未必需要出现在这本立意集中的书里。

很自豪地告诉大家，这已经是我与美国出版商朱莉·格劳合作出版的第二本书了。朱莉令我想起《塔木德》中，俯身在每一片草叶上低语："长啊，长啊"的天使。感谢你将我打造成一位作家，朱莉。

我必须特别高声致谢我的编辑哈丽雅特·波伦。哈丽雅特给我写了封优美的信，说服我将亨利的故事写出来，此前我本没有这样的打算。哈丽雅特告诉我，在她还小的时候，她的父亲西蒙·波伦同样死于脑瘤，这个故事令我动容。我相信哈丽雅特会以我所需要的体恤与同理心来对待本书,事实证明我是对的。因此毫不夸张地说,哈丽雅特对父亲的爱正是本书问世的契机。